愛麗絲夢遊奇境

目川文化

目錄

《愛麗絲夢遊奇境》是一本完全由想像力創造的故事。一般人都以為，這只是一個好奇的小女孩夢境中的奇遇，充滿不合邏輯的情節、跳躍敘述的劇情，而將此書歸類於荒唐文學。其實，作者在當中藏了很多文學的「哏」，以及對當時英國社會的批判。也因此，現代讀者才可以從中一窺維多利亞時代人們的生活。

故事一開始出場的兔子，急急忙忙跳入洞消失，中場又出現的橋段，正是當時流行的魔術變兔子的手法；而喝下午茶、玩橋牌和打槌球，也都是當時流行的社交活動。作者從現實發展出夢境，再藉由「夢境」來影射現實的種種無稽。

書中出現不少無厘頭的課文、歌曲、詩句，並不純粹只是調皮搞怪，而是作者對一切崇尚道德、孩子卻覺得索然無趣的童謠等，進行的反諷擬寫。篇篇猶如神來之筆，更添奇幻色彩、妙趣橫生。例如：

小鱷魚多閃亮，
保養尾巴好方法，
攪動尼羅河水
灌進牠片片金色的鱗甲！

小鱷魚多快樂，
張開爪子多優雅，
邀請小小魚兒
游進牠溫柔微笑的嘴巴！

就是改寫自艾薩克·瓦茨（Isaac Watts）的《懶惰蟲》(The Sluggard)，那原是一首勸誡勤勞美德的詩。經作者巧思改編後，是不是變得充滿趣味呢？

此外，作者大玩文字諧音的部分也很有趣，例如，愛麗絲聽老鼠講故事的時候，就不小心把TALE「故事」聽成了TAIL「尾巴」，使得整段話變得荒誕奇趣；又如，假海龜說：「然後我們就學四則運算：假法、剪法、醜法、廚法。」（假海龜的英語很糟糕，牠想說的其實是算術的「加法、減法、乘法、除法。」）編排上以字體的變化，註記在主文之後，讓讀者可以一眼看出作者巧妙的文字趣味。

此外，這本書更令人津津樂道之處，就在於角色們所說的話，字字句句充滿邏輯和辯論的玄機，能激發孩子對於「常態」事物進一步的思考。例如愛麗絲說：「貓吃老鼠，而老鼠和蝙蝠很像，那麼貓吃不吃蝙蝠呢？」

當然，愛麗絲被納為經典兒童文學的主要原因，就是這一場夢帶給小愛麗絲的磨練和成長。從一開始愛麗絲看到寫著「喝我」、「吃我」的藥水和糕點，完全來者不拒，身體不受控制的變大、變小，就像所有懵懂孩子勇於嘗試的衝動。隨後，遇到一個比一個瘋狂傲慢的人，處處被別人左右、頤指氣使的遭遇。到後來，學會吃蘑菇來控制身體大小，自己根據狀況判斷，成為一個有主見、可以自己面對困境的大人，這就是一種成熟的表現，是真正的長大了！

愛麗絲就是這麼好玩又深富涵意，所以自出版以來一直深受大小讀者喜愛。從知名的迪士尼動畫、到票房熱賣的真人動畫電影《魔鏡夢遊》，看上的就是它故事充滿驚奇與趣味，在想像視覺上能帶給讀者／觀眾極大的震撼與洗禮。

來吧！和愛麗絲一起跳入兔子洞，展開一段身心靈的歷險與探索之旅！

【推薦序】

林偉信（台灣兒童閱讀學會顧問、誠品文化藝術基金會「深耕計畫」顧問）

陪伴孩子在奇幻的世界裡，培養想像力，思考人生課題

法國哲學家巴斯卡曾經這樣形容人，他說：「人是一枝會思想的蘆葦。」這話點出了人類和萬物最大的區別，因為人似蘆葦，所以何其脆弱，但也因為人可以藉由思想，遨遊過往，想像未來，上下時空五千年，所以看似脆弱的人類，卻又是何等的堅強與壯闊。

奇幻文學正是人類思想極致的一種表現，透過想像，創造出一個個跳脫時空框架的新奇世界，將現實中的不可能化為可能，讓閱讀者擺脫有限形體的束縛，悠遊在不同的時空裡，享受現實人生中所無法經歷的奇特趣味。

而除了引人入勝的趣味情節外，奇幻故事中所暗含的人生隱喻與生命智慧，也一如日本著名心理學家河合隼雄在《閱讀奇幻文學》書中所說的：「**傑出的奇幻作品，總是帶著某些課題前來挑戰讀者**。」而「當我們將幻想視為靈魂的展現時，就會開始覺得奇幻故事的作者，給了我們相當豐富的訊息。」因此，「**即便故事讀完了，心靈依然持續感動**。」

這套奇幻小說輯，正是選自不同文化背景下的各種玄奇異想，有大家耳熟能詳的英、美兒童文學經典，更有中國與阿拉伯的奇幻鉅著。它們都跳脫現實，發揮想像，書寫出各種殊異趣味的精采故事，並且透過故事傳遞出我們所可能面對的各種重要的人生課題。

因此，我們不僅能和孩子經由閱讀這些故事，享受奇幻的趣味，更能透過拆解奇幻背後的隱喻，對生命裡的一些重要課題——像是在《西遊記》中所呈現出的叛逆與反抗、在《小王子》與《柳林風聲》中所揭露的愛與友誼、在《小人國和大人國》中所刻劃的權力與人性、在《快樂王子》中所彰顯的分享與快樂、在《愛麗絲夢遊奇境》與《一千零一夜》中所描繪的真實與夢幻、在《彼得．潘》中所凸顯的成長與追尋、在《叢林奇譚》中所強調的正義與堅持，以及在《杜立德醫生歷險記》中所提出的溝通與同理，能有更深刻的思考與理解。

藉由這些書，給早已在現實生活中習以為常、不再多做思想的自己一次機會吧！也給你的孩子一次機會，**陪伴他們在奇幻世界的共讀中，培養想像力，並且一起來思考人生中的一些重要課題。**

戴月芳（資深出版人暨兒童作家、國立空中大學／私立淡江大學助理教授）

孩子飛翔的力量很大

當孩子告訴你，他會飛，而且飛得很高很遠，你可能會笑一笑，不當一回事。但是，真的要告訴你，孩子確實飛得很高，很自在！

谷歌（Google）創辦人賴利．佩吉（Larry Page）有一天突發奇想，想要創造一個可以下載整個互聯網，而且查看不同頁面連結的搜尋引擎。在西元一九九六年，這想法可能是天方夜譚，但是賴利．佩吉有企圖心，最後確實創造了谷歌。他像孩子飛上了天，飛得很高，飛得很自在！

「飛翔」是我們的想像延伸，一切可能發生或不可能發生，都可以藉由想像力的「飛翔」先做實驗。也因為如此，我們說「只有想不到，沒有做不到」。往後，當孩子告訴你，他會飛的時候，請告訴他，盡情去做吧！

【影響孩子一生的奇幻名著】系系列，就是一套賦予孩子想像力的好書。十本想像力永恆不滅的經典文學，無論中西或虛幻，每一本都是在打開孩子浩瀚無限的視野，激發孩子的奔馳創意。當孩子穿越奇趣與另類的時空，踏進想像與創意的國度，你就能猜想孩子說有多高興就有多高興！

來吧！讓孩子閱讀【影響孩子一生的奇幻名著】系列，讓孩子的想像翅膀展翅高飛吧！讓孩子隨著他的好奇心，遊走另一個充滿自由的奇想世界，跟隨故事人物一起經歷成長與冒險。

張美蘭（小熊媽，親子天下專欄作家、書評、兒童文學工作者）

讓孩子讀經典，是重要而且必要的

近兩年，我常在校園與兩岸演講，有一個主要的主題，就是「讓孩子愛上閱讀的八大法則」，其中我認為很重要的第二條法則是：在孩子中低年級以前，幫孩子選書；高年級後開放讓他們自由選擇，但是每個月都該有指定讀物，並建議以經典兒童文學為主！

我在小學圖書館擔任過十年的志工，發現一個令人憂慮的現象：越來越少孩子讀兒童文學經典作品！當今兒童閱讀市場，充斥著一種簡化的速食文化，不論是科學或人文的題材，多半要被畫成「漫畫」，才能被孩子所接受。我曾問過孩子，為什麼只喜歡看漫畫呢？而得到的回答（尤其是男孩），多半是：「漫畫比較搞笑，我不喜歡太嚴肅的作品。」或「看圖畫比較快，文字太多的書，真的看不下去！」

這是一個很令人憂心的現象，因為這代表這一代孩子對文字理解能力（閱讀素養），將越來越弱。而**貧瘠的閱讀，將導致荒蕪的思想與空洞的寫作能力！**

文字閱讀，需要鍛鍊。從幼時看繪本（圖畫書）、到橋梁書、再進階到小說或科學書籍，不是一蹴可幾的。現代的孩子，常常在讀完繪本後，一腳踩空，掉到漫畫書的世界，沒有走上文字閱讀之橋，而是陷入我所說的「漫畫陷阱」裡，不可自拔。

更憂心的是，家長沒有意識到這狀況的嚴重性，還沾沾自喜地認為：我的孩子愛看書，就好！而沒注意到孩子無法邁向文字書的世界，更遑論兒童文學作品的世界。

我建議：每個家庭，都該有個基本書櫃，那就是你家的圖書館。館中，一定要收藏兒童文學名著！因為這些才是經得起時間考驗的、人類思想的精華。

所以，請讓孩子多讀讀經典吧！這將會影響他們一生的價值觀。

在這套【影響孩子一生的奇幻名著】中，有許多本都是我家孩子的指定讀物，更特別的是，編輯細心地加入了中國文學名著，如《西遊記》，這是我家孩子必讀的作品，唐僧取經的故事，讓孩子的想像力更豐富，我鼓勵他們讀過各種版本的《西遊記》：由基礎到進階，由進階到原著小說，循序漸進提升了他們的文字閱讀能力！

本系列中，我也特別推薦《小王子》、《愛麗絲夢遊奇境》、《快樂王子》、《一千零一夜》這幾本書，這些故事多半並非寫實，而是充滿幻想的佳作！

《一千零一夜》是阿拉伯世界的傳奇經典，充滿了異國色彩與絢爛的魔幻，「阿里巴巴與四十大盜」就是其中一個故事。《愛麗絲夢遊奇境》在國外受到的重視超乎想像，閱讀此書可以了解許多衍伸的西方文化、典故、語言邏輯等！

《小王子》我覺得是寫給大人讀的童話，但孩子也可單純地閱讀，愛上純真帶點憂鬱的小王子。還有，我小時候看了王爾德的《快樂王子》，感到傷心不已！現在回顧，卻覺得這個故事是淒美動人的。

因為，經典代表的就是人性。在奇幻故事架構下，系列中的《小人國和大人國》、《彼得・潘》、《柳林風聲》、《叢林奇譚》，也都能讓孩子從經典中了解：世界上沒有所謂美好的大結局！**讓孩子從閱讀的幻想中，體會人生的趣味與人性的缺憾，才是真正智慧的開始。**

林哲璋（兒童文學作家、大學兼任講師、臺東大學兒文所）

奇幻的奇妙

【致爸爸媽媽】

林文寶教授說：「童話反映一個天地萬物的社會，並由此發掘一切萬物的人性。」又說：「童話，就是使事實長上翅膀……它是可圈可點的胡說八道；也是入情入理的荒誕無稽。」

當「事實」插上翅膀，可能讀起來胡說八道，可能看起來荒誕無稽；然而，閱讀奇幻的樂趣就在享受作者將故事「降落」得入情入理，使人拍案叫絕，大嘆可圈可點。

奇幻的邏輯不是現實的邏輯，而是作者自己建立的邏輯，是角色物性產生的合理，是一種妙不可言的雋永。經典奇幻不會是「作者說了就算」，而是連作者自己都得嚴格遵守自訂的因果關係、論證邏輯。

小讀者能透過奇幻作品裡人物情節的設定、伏筆結局的鋪排，一次次在腦海裡思維運作、理解因果。

虛構而且希望讀者信以為真的寫實作品是：「假似真來真亦假，無為有處有還無。」自己承認超現實卻關注現實的奇幻作品是：「假非真來真不假，無勝有處有藏無。」

畢竟，奇幻最大的基礎，除了理性，更有人性！

【給小朋友】

小朋友，閱讀奇幻作品好處多多，畢竟現實世界只有一個，而奇幻想像的世界卻是無窮無盡。奇幻世界裡有神奇的天馬行空，想像世界中的介紹要天衣無縫。奇幻想像國度的語言可以豐富現實世界的生活，例如小王子和狐狸，小王子和玫瑰，他們的故事和對話，都可以比喻、使用在人類的世界。

想一想，像著名的「七步成詩」，曹植若跟哥哥寫「骨肉相殘」的詩，害哥哥沒面子，恐怕小命不保；聰明的曹植躲到了奇幻的國度，使用了奇幻的語言，寫了一首「小豆子和豆其哥哥」的童話詩，保住了珍貴的性命。

奇幻的國度裡有許多寶藏，等待小朋友來尋找、開創，歡迎小朋友搭乘文學的列車，來到奇幻的國度上，觀看地球世界的模樣。

彭菊仙（親子天下、udn 聯合文教專欄、統一「好鄰居基金會」駐站作家）

我的童年是一段沒有故事書的歲月，因為爸媽忙於生計，僅是讓我們四個孩子吃飽穿暖就已筋疲力竭，關於孩子的娛樂甚或心靈需要的滋養，爸媽是沒有餘力可以照顧的。我依稀記得家裡只有兩本不知從哪兒流傳來的故事書：《愛麗絲夢遊奇境》和《木偶奇遇記》，它們是我們對於童話的所有想像，兩本書原本就已破破爛爛，被我們四個姊妹反覆蹂躪，最後沒了封皮、零散分屍。為什麼呢？因為經典故事就是值得一看再看、百看不厭！

長大後，我才有機會一一在彌補童年裡沒有緣分相遇的經典兒童文學，但是很遺憾的是，這些故事我多半已經耳熟能詳，還沒來得及細細咀嚼文字，大量的動畫已經綁架了我對於故事聲光畫面的想像，我很不希望我的孩子用這樣的方式來接觸經典名著。

雖然，這一代的孩子已然來到一個被豐富故事書包圍的優渥年代，然而，這世界卻仍然將經典兒童文學拋出腦後。因為當孩子深陷於迷亂挑逗的３Ｃ世界時，他們對於書本早不屑一顧，更遑論沉浸於閱讀經典名著的樂趣之中。

藉由這次目川文化規畫的系列經典兒童名著，我再次回歸到當年與兩本童話相遇的純淨想像世界中，我似乎又恢復了一個孩童本然應該具備的自由奔馳心靈，在故事裡盡情遨遊，甚至幻化為故事裡的主人翁，經歷驚險刺激的冒險歷程，並在過程中細細體悟人性裡的至真至誠與至善。

永遠的經典《愛麗絲夢遊奇境》，它是奇幻故事的代表作，字裡行間充滿了畫面感、空間變動感，孩子閱讀的時候腦袋必定大爆滿，色彩豐富又立體的畫面應接不暇。（其他推薦內容，請詳見各書收錄）

我很喜歡目川文化這次規劃的書目，國際多元，題材包羅萬象：有冒險、有想像、有科學與自然的題材、有淵遠流長的傳說，都是歷久彌新的必讀文學名著；在編排上，字體大小適當，章節分明，三年級以上的孩子可以毫不費力的自行閱讀。

我鼓勵爸媽引導孩子，一本接一本有系統的閱讀，不僅能提升孩子賞析文學的能力與視野，最主要的是，**經典作品的主角人物都帶著強大熾烈的感染力，能毫不費力地博得孩子深度的認同，在潛移默化間，高潔的思想便深植於孩子的心底，行為氣度因此受到薰養而不凡。**

沈雅琪（神老師&神媽咪、長樂國小二十年資深熱血教師）

接了高年級很多屆，我發現現在的孩子普遍閱讀量不足，書讀得不夠，相對文章就寫不出來，寫作技巧教再多都是枉然。為了要改善孩子寫作困難的問題，我開始每天留至少半個小時到一個小時的時間，讓孩子從少年雜誌、橋梁書開始閱讀，這段時間得要完全靜下來專注的閱讀。

剛開始對於沒有閱讀習慣的孩子來說，是一件痛苦的事，三分鐘就想要站起來換書，可是慢慢的習慣以後，我發現孩子專注的時間開始拉長，有些孩子閱讀課的時間看不完，會連下課時間都把課外書拿出來閱讀，偶爾還會來跟我討論書中的內容，跟我分享書中精采的片段。

目川文化精選這套書，有幾本是我們很耳熟能詳的世界名著，可是很多孩子完全沒有接觸過。收到書的初稿時，孩子們分配到的書讀完了，還意猶未盡的跟其他孩子交換閱讀，一本又一本接續的把十本書統統讀完。**小孩的感受是最直接的，看他們對這套書愛不釋手，我就知道這是一套非常值得推薦的好書。**

孩子從書中得到很多的樂趣和啟發，孩子看這故事的角度，跟我有很大的不同。透過孩子筆下的敘述，我也重新回顧了一次這些故事，得出了另一番的感受。看到他們寫出從故事中獲得的領悟、看事情的角度，都讓我很欣喜。他們能夠用正向的角度去思考，正反映出我們給孩子的教育成功了。

以下就是班上小朋友針對本書所寫的一篇心得，其他則收錄在各書：

這本書的主角「愛麗絲」，是一位天真又充滿好奇心的小孩，她對事物的好奇心，讓她看到「穿背心拿懷錶的兔子」時，馬上追了過去；她的天真，讓她看到寫著「喝我」的飲料時，就一口喝下去，因為她認為毒藥上面，應該會寫著「毒藥」，而不是「喝我」。

現實中，愛麗絲就像不知道社會有多可怕的青少年，而故事中的「智者毛毛蟲」就像一位解決她問題的老師。例如，小愛麗絲對於身體變大變小，怎樣都不滿意。毛毛蟲告訴她：「有時候現狀是最好的，要懂得滿足」。愛麗絲就像現在的我們，常要等到有能力時才會發現，其實現況就是最好的，就是幸福的，因此我們要懂得知足，並珍惜現在擁有的。（吳婕寧 撰寫）

陳郁如（華文奇幻暢銷作家）

世界經典名著之所以是經典，一定有它的原因，不僅僅是故事內容不拘一格、怪誕離奇，還常常有重大的涵義在裡面，讓人在不同的年齡層閱讀有不同的感受。這套【影響孩子一生的奇幻名著系列】收錄很多非常經典、家喻戶曉的奇幻故事，很高興有這個機會可以來幫這個系列寫推薦，這次我再度閱讀，更能深刻體會故事想要表達的訴求。

奇幻文學一直是讓人深深著迷的，那是一種超越現實框架的幻想，讓人的想像力可以無限的延伸。但是同時，在故事裡，作者可以巧妙的寫出自己對現實世界的連結，可能是對現今政治的諷刺，可能是對人性的感觸，可能是對社會現狀的反射，可能是對幻想世界的延伸。

《愛麗絲夢遊奇境》的故事，想必很多大人小孩都看過電影，為裡面的角色鮮明、色彩豐富感到震撼。故事中讓人吃了會變大、變小的蘑菇，有沒有讓你也很希望擁有一朵？大家都會作夢，但是作者真的把夢境中，看似不合邏輯的人物和事件組合，用生動的手法，表現出令人讚嘆的奇幻想像力！（其他推薦內容，詳見各書收錄）

很多經典永傳的奇幻故事能夠歷久不衰，它們的內容鋪陳就是如此，不僅僅天馬行空、編撰幻想而已，背後還有更多的警世意義。小朋友有時間可以慢慢、細細的品味，讓想像力奔馳的同時，可以去想想看作者想要表達的是什麼。

陳蓉驊（南新國小熱心閱讀推廣資深教師）

與愛麗絲一同成長

《愛麗絲夢遊奇境》在１８６５年一出版就立刻造成轟動，故事中天馬行空的劇情風靡了無數的大人小孩。雖然故事看似古怪異常，其實每個荒誕事件與瘋狂人物都是作者引領愛麗絲一步步邁向成長的用心安排，字裡行間處處隱藏著作者對孩子們成長的祝福與期望。

故事中著名的一段，描述著愛麗絲無法通過小門，喝下不明飲料後變小了卻發現自己沒拿鑰匙，又吃了蛋糕卻變得過於龐大，最後不知所措的哭泣。過程中愛麗絲變大又變小，卻總不如自己的期望，是不是像極了小時候的我們時常改變著願望，想要那樣又想要這樣，無法確定真正想要的是什麼？

吸著水煙袋的毛毛蟲反覆問著愛麗絲：「你是誰？」一問一答間，帶著愛麗絲省思了自己的改變與想望。作者是要我們好好思考：我是誰？因為只有先了解自己才知道自己需要什麼，才能決定自己該努力的方向與目標。

總是咧著嘴笑的柴郡貓告訴愛麗絲：「你走哪條路都沒關係。」、「只要你能走得夠遠就行。」是在告訴我們：不管選擇哪一條路，只要下定決心，堅持到底，就能達成目標。

瘋狂茶會中，三月兔跟愛麗絲說：「你怎麼想就怎麼說。」愛麗絲回答：「我說的就是我想的！」，帽匠說：「根本不一樣！你乾脆說『我吃我看到的』和『我看到我吃的』也一樣好了？」，三月兔也說：「『我喜歡我得到的』和『我得到我喜歡的』也一樣囉？」，睡鼠也說：「那麼說『我睡覺時總在呼吸』和『我呼吸時總在睡覺』也是一樣的嗎？」這樣如繞口令般的哲學對話，是孩子邏輯思考趨於完全的學習過程。

而「幻想」毫無異議是《愛麗絲夢遊奇境》最成功的部分，作者的最終目的是要鼓勵愛麗絲大膽做夢，希望她長大後，仍然保持著「赤子之心」。如同故事最後，作者讓愛麗絲的姐姐想像著，她的這位小妹長大以後的樣子：「她將會一直保留著童年時純真的愛心……，憶起她自己的童年，以及那愉快的夏日時光。」

夢總會醒來，但冒險可以一直持續。請跟著愛麗絲勇敢追著夢想的白兔，在不斷的自我追尋與成長中，心中永遠有著奇幻世界的存在。

游婷雅（台中古典音樂台閱讀推手節目主持人、閱讀理解教學講師）

跟著文字掉進奇幻世界的兔子洞

「愛麗絲靠著她的姐姐閒坐在河畔，由於沒有什麼事情可做，她開始感到無聊了，她瞥了幾眼姐姐正在讀的書，發現那本書裡既沒有圖畫，也沒有對話。愛麗絲心想：『一本沒有圖畫、也沒有對話的書，有什麼用呢？』」

你是不是也跟愛麗絲一樣，覺得沒有圖畫也沒有對話的書，一點意思也沒有呢？

掉啊！掉啊！掉啊！像永遠掉不到底一樣。「時間過去這麼久，我究竟掉了多少英里呢？我一定已經很靠近地球中心了！讓我想想，這就是說已經掉了大約四千英里深了……」（愛麗絲已經在學校裡學到過這方面的知識了）「對，大概就是這個距離。那麼，我現在究竟位在哪個經度和緯度呢？」

你在閱讀的時候，有沒有像愛麗絲這樣，覺得無趣的時候，就會跟自己對話，連結到自己已經學過的知識呢？

親愛的愛麗絲們，圖畫不多但少不了對話的奇幻名著，絕對可以讓你透過文字的閱讀，而享受書中的情景與感受，同時增進我們的閱讀能力。

讓我們一起跟著文字，掉進奇幻世界的兔子洞吧！

劉美瑶（兒童文學作家、台東大學兒童文學研究所）

「無厘頭」的成長、寬和的成長

《愛麗絲夢遊奇境》之所以為幻想文學的經典，作者卡洛爾的高明之處，在於創造一個無厘頭（nonsense）的「第二世界」，藉由「胡言亂語」與「不合常理」戲耍成人威權。

卡洛爾運用諧音雙關、隱喻、荒謬的角色、怪詩與對話，諷刺成人世界的規矩，顛覆文明社會的思維。例如：寫著「喝我」、「吃我」的命令，與成人喝令孩童的語氣多麼相像，但是照作的愛麗絲，非但無法通往她嚮往的花園，反而因身材忽大忽小，而弄不清自己是誰。這段敘述，和成人動輒以不加解釋的命令，訓斥孩童的結果，豈不相似？又如不停叨念、酷愛教訓的公爵夫人，是不是宛若那些急切藉由訓誡馴化孩童，卻不顧孩童是否能理解的教養者？

儘管意在諷刺，但是卡洛爾並未將愛麗絲形塑成一個理／禮盲、粗暴的小異議分子，在與各種荒謬交手中，她偶爾怯懦、偶爾嘀咕，但是依然能同情老鼠的恐懼、協助被判砍頭的紙牌園丁躲藏，以及耐心溫和的對待各種與她意見不合的「他者」。

故事最後，愛麗絲找到自我，對著紅心皇后等人大喊：「你們只不過是一副紙牌！」，同時亦從夢中醒來。這是成長的隱喻，暗喻孩童在歷經各種成人施加的荒謬規訓後，必定能找到自我，保有看透一切、但寬和良善的心靈。

而這不僅是愛麗絲的姐姐對愛麗絲的祝福，亦是卡洛爾對所有孩子的祝福：**我們可以戲弄威權、嘲弄禮教，同時又能不丟失我們的寬廣與包容。**

第一章　掉進兔子洞

愛麗絲靠著她的姐姐閒坐在河畔，由於沒有什麼事情可做，她開始感到無聊，她瞥了幾眼姐姐正在讀的書，發現那本書裡既沒有圖畫，也沒有對話。愛麗絲心想：「一本沒有圖畫、也沒有對話的書，有什麼用呢？」

天氣悶熱，愛麗絲有點睏。她想做一個雛菊花環來玩，但又覺得起身摘雛菊很麻煩。就在這時，一隻白兔突然從她身邊跑了過去。

那隻兔子邊跑邊從背心口袋裡掏出一個懷錶看：「哦，天啊！天啊！我要遲到了！」愛麗絲跳了起來，她從來沒有見過穿著背心的兔子，更沒有見過兔子還能從口袋裡拿出錶來，她好奇的追著那隻兔子穿過田野，剛好看見兔子跳進矮樹下面一個大大的兔子洞。

愛麗絲也緊跟著追了進去，根本沒想過該怎麼出來。

這個兔子洞一開始的時候像走廊一樣，筆直的向前，接著突然下墜，愛麗絲還沒有來得及收住腳步，就掉進了一口深井裡。

也許是井太深了，也許是她下墜的速度太慢了，才讓她有時間東張西望，胡亂猜想接下來會發生什麼事。她努力往下看，想知道會掉到什麼地方，但下面太黑了，什麼也看不見。於是，她看了看四周的井壁，只見井壁上排滿碗櫥和書架，還有掛在釘子上的地圖和圖畫。

經過一個架子時，她從上面拿下一個罐子，罐子上標示著「桔子醬」，可是裡面是空的，愛麗絲很失望。她在經過下一個碗櫥時，把罐子設法放了回去，她不想因為隨手丟棄罐子，而砸傷任何人。

「好啊，經過這麼一摔，以後我從樓梯上滾下去也不算什麼了。」愛麗絲想：「家裡的人都會說我多麼勇敢啊！嘿，就算從屋頂上摔下去也沒什麼大不了的。」

掉啊！掉啊！掉啊！像永遠掉不到底一樣。「時間過去這麼久，我究竟掉了多少英里呢？」她大聲說道：「我一定很靠近地球中心了！讓我想想，這就是說

已經掉了大約四千英里深了……」（愛麗絲已經在學校裡學過這方面的知識了。）

「對，大概就是這個距離。那麼，我究竟位在哪個經度和緯度呢？」（其實愛麗絲並不知道什麼叫經度、什麼叫緯度，但她覺得會說這兩個詞彙很了不起。）

她想了一下又開始自言自語：「如果我穿過地球，從另一頭掉出去，那裡的人會不會是顛倒過來，頭下腳上的走路呢？我該怎麼說呢？我想，我應該問問他們那個國家叫什麼名字：『太太，請問您知道這裡是紐西蘭，還是澳大利亞嗎？』」愛麗絲一邊說，一邊還想行個屈膝禮，可是當然沒辦法，如果你從空中掉下來，你也行不了屈膝禮。「但是，如果我這樣問的話，人們一定會認為我是一個無知的小女孩。或許，我應該先看看，是不是有個路牌寫著那個國家的名字。」

掉啊！掉啊！掉啊！除此之外，沒別的事情可做。因此，過了一會兒愛麗絲又開始說起話來：「我敢肯定，黛娜今晚一定非常想念我。」（黛娜是隻貓。）「希望他們別忘了在午茶時也為她準備一碟牛奶。喔，黛娜，我真希望你就在這裡陪著我！不過這空中恐怕沒有老鼠，倒是有可能會捉到一隻蝙蝠，反正牠們長得滿像的。可是，貓吃不吃蝙蝠呢？」

愛麗絲開始感到昏昏欲睡，她半夢半醒的對自己說著：「貓吃蝙蝠嗎？貓吃蝙蝠嗎？」有時又說成：「蝙蝠吃貓嗎？」她好像睡著了，還夢見自己和黛娜手牽手散著步，並且很認真的問牠：「黛娜，告訴我，你吃過蝙蝠嗎？」就在這時，突然「砰！」的一聲，她掉在了一堆枯樹葉上。

愛麗絲毫髮無傷，她馬上站了起來。在她的面前，是一條很長的通道，而那隻白兔正匆匆忙忙的往前跑。

這回可不能再錯失良機，於是愛麗絲像一陣風似的追了過去。她聽到兔子在拐彎時說：「哎，沒時間整理耳朵和鬍子啦！我遲到了！」愛麗絲追了上去，但是當她拐過轉角後，兔子卻不見了。她發現自己在一間很長很低的大廳裡，天花板上懸掛著一整排吊燈，把大廳照得通亮。

大廳四周都是門，愛麗絲從大廳的這一頭走到那一頭，每扇門都試了一下，發現它們都被鎖著，她傷心的走到大廳中間，思索著該怎麼出去。

突然，她發現一張三腳的小桌子。桌子是玻璃做的，桌上只放著一把很小的金鑰匙。愛麗絲立刻想到：「這可能是大廳其中一扇門的鑰匙！」但她試了又試，所有的鑰匙孔都太大了，或者說鑰匙太小了，沒有一扇門能被打開。不過，在她試第二輪時，發現了剛才沒注意到的長簾，那後面有一扇約十五英寸高的小門。

她把小金鑰匙插進小門的鑰匙孔裡，太好了，正好吻合！

愛麗絲打開門，發現門後是一條通道，跟老鼠洞差不多大，她跪下來，往通道盡頭望去，看到了一座美輪美奐的花園。

愛麗絲多麼渴望能離開這無聊的大廳，到那個美麗的花園裡去呀！可是那扇門小得連腦袋都塞不進去。可憐的愛麗絲想：「唉！就算腦袋過去了，肩膀沒過去也沒用呀！要是我能夠像在望遠鏡裡的小人一樣縮小就好了！」（愛麗絲常常把望遠鏡倒著看，一切東西都變得又遠又小；當她正著看時，東西又變得又近又大。所以，她認為望遠鏡可以把人放大、縮小。）

她回到桌子邊，希望能找到其他鑰匙，或是找到一本教人縮小的書。這次，她發現桌上有一個小瓶子。（「剛剛明明沒有啊！」愛麗絲說。）瓶頸上繫著一張紙標籤，上面印著兩個漂亮的大字：「喝我」。

不過聰明的愛麗絲並沒有馬上把瓶子裡的東西喝下去，因為她聽過一些故事，說有些小孩會被燒傷、被野獸吃掉，或是發生其他糟糕的事情，都是因為沒有記

住別人的警告。而愛麗絲知道，不能喝下瓶子上印著「毒藥」的東西。

然而，這瓶子上並沒有「毒藥」的字樣，所以愛麗絲冒險嚐了一口，覺得非常可口：它混合著櫻桃餡餅、奶油蛋糕、鳳梨、烤火雞、牛奶糖、熱奶油麵包的味道。於是，她一口氣就把一瓶藥水全喝光了。

「感覺好奇妙呀！」愛麗絲說：「我一定變得和望遠鏡裡的小人一樣小了。」

沒錯，現在的她變得只有十英寸高。現在，她可以到那個美麗花園裡去了，她高興得手舞足蹈。可是，**哎呀，可憐的愛麗絲！**當她走到花園門口時，才發現自己忘記拿那把小金鑰匙了。

當她再回到桌子前想要拿的時候，卻發現自己根本搆不到鑰匙，只能透過玻璃桌面清楚看到它。她攀著桌腳使盡全力向上爬，可是桌腳太滑了，她一次又一次滑下來，弄得精疲力竭。於是，這可憐的小人坐在地上哭了起來。

「起來，哭是沒用的！」愛麗絲嚴厲的對自己說：「限你一分鐘內停止哭泣！」她經常命令自己（但她很少聽從這種命令），有一次甚至把自己罵哭了。當她獨處時，就喜歡假裝成兩個人，自己和自己說話。「但是現在還裝什麼兩個人呢？」愛麗絲心想：「我現在小得連一個普通人都不算。」

這時，她發現桌子底下有一個小玻璃盒。打開一看，裡面有塊很小的糕點，上面用葡萄乾精緻的嵌出兩個字：「吃我」。

「那我就吃吧！」愛麗絲說：「如果它能讓我變大，我就能拿到鑰匙了；如果它會讓我變得更小，那我就可以從門縫下面鑽進去。不論如何，我都可以進到花園裡去。反正不管怎麼變，我都不在乎。」

她只吃了一小口，就焦急的問自己：「是哪一種？是哪一種？」她用手摸摸頭頂，是變大還是變小呢？奇怪！沒變。於是，她又吃了一口，很快就把一整塊糕點吃光了。

第二章　眼淚池

「真是太不可思議了！」愛麗絲喊道，她發覺自己現在像根麵條似的不斷被拉長，她驚奇得目瞪口呆。「現在我一定已經變成那個從最大的望遠鏡裡面看到的人了。再見了，我的雙腳！」她努力俯視自己的腳，它們已經遠得快看不見了。「哦，我可憐的腳啊！以後誰來給你們穿鞋和繫鞋帶呢？我可是做不到了，我離你們太遠，沒法再照顧你們，以後你們只能自己照顧自己啦！」愛麗絲又想道：「不過我可得對它們好一點，否則它們會不肯走到我想去的地方的。對了！每次聖誕節我都要送它們一雙新的長筒靴。」

她繼續盤算著該怎麼送禮：「我得把禮物弄成包裹寄給它們，因為我離它們那麼遠。嘿，多滑稽！給自己的腳寄禮物，這地址寫起來可奇怪了，應該是：

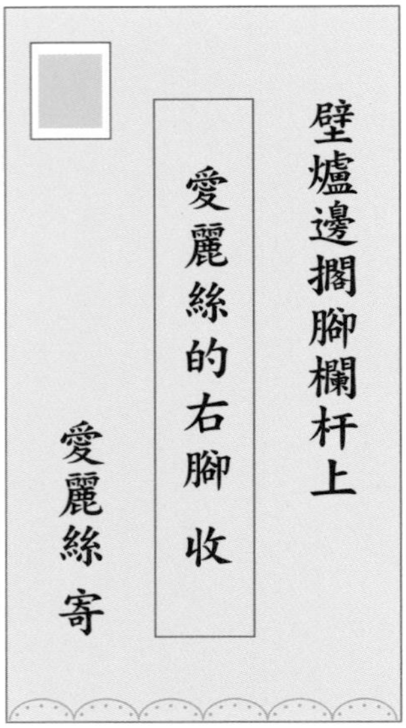

「哦，天啊，我在說什麼呀！」

就在這瞬間，她的頭正好撞上大廳天花板。現在她至少有九英尺高了。她急忙拿起小金鑰匙跑向小花園的門。

但是，可憐的愛麗絲！她現在頂多只能側身躺在地下，用一隻眼睛往花園裡瞧，更不可能進去了。於是她又哭了。

「你不覺得丟臉嗎？」愛麗絲哭著對自己說：「像你這麼大的姑娘還哭。馬上停止，我命令你！」但她還是不停的哭，掉下好幾加侖的眼淚。很快，眼淚在她身邊匯聚成一個大池塘，足足有四英尺深，幾乎半個大廳都泡在淚水裡。

過了一會兒，她聽到遠處傳來一陣輕微的腳步聲，愛麗絲急忙擦乾眼淚，想看看是誰來了。很快，腳步聲來到跟前，愛麗絲低頭望去，原來是剛才那隻白兔又回來了，這會兒牠打扮得很講究，一隻手裡拿著一雙白羊羔皮手套，另一隻手裡拿著一把大扇子，正急忙忙的一路小跑過來。白兔一邊跑，一邊喃喃自語的說：「快點！快點！我就要遲到了！那個公爵夫人，要是我讓她久等，不知道會多生氣！」愛麗絲很希望有人能幫幫自己，因此，當白兔走近時，她怯生生的說道：「不好意思，先生……」可是愛麗絲忘記自己已經是個九英尺高的巨人，白兔被她嚇得驚慌失措，丟下白羊皮手套和扇子，拚命的逃走了。

愛麗絲撿起扇子和手套。這時屋裡很熱，她一邊搧著扇子，一邊自言自語的說：「天啊！今天發生的事都好奇怪，昨天都還那麼正常，不知道我是不是昨天夜裡就變了？讓我想想：我早上起床時還是不是我自己呢？我想起來了，我早上就覺得有點不對勁。但是，如果我不是自己的話，那麼我會是誰呢？唉！這可真是個謎啊！」於是她開始逐一回想和她同齡的女孩，看看自己是不是變成誰了。

「我敢說，一定不是愛達，」愛麗絲說：「因為她有長長的捲髮，而我的頭髮一點也不捲。我也肯定不是瑪貝爾，因為我知道很多事情，但她知道的事情卻少得可憐。天啊！這可把我搞迷糊了。我來試試看，還記不記得自己過去知道的事情。我來看看：四五得十二；四六得十三；四七得……唉，這樣背下去永遠到不了二十，況且乘法表也沒什麼意思。讓我試試地理：倫敦是巴黎的首都，而巴黎是羅馬的首都，羅馬是……不，不，全錯了，我一定已經變成瑪貝爾了！我再來試試背一下課文吧……」於是她把雙手交叉放在膝蓋上，就像平時背課文那樣，一本正經的背了起來：

小鱷魚多閃亮

保養尾巴好方法，

攪動尼羅河水

灌進牠片片金色的鱗甲！

小鱷魚多快樂，

張開爪子多優雅，

邀請小小魚兒

游進牠溫柔微笑的嘴巴！

「我知道我一定背錯了，我真的變成瑪貝爾了！」可憐的愛麗絲含著眼淚說：「我得住在破房子裡，什麼玩具也沒有，還得學那麼多功課。不行！我決定了，如果我真變成瑪貝爾，我就一直待在這口井裡面，哪怕有人來救我，我也不上去，除非我再變成別的什麼人……可是，老天！」愛麗絲突然哭了起來：「我還是希望有人來救我上去呀！我實在不想孤零零的待在這兒了！」

在說話時，她無意中看了一下自己的手，看到一隻手上戴著白兔的白羊羔皮手套，她覺得奇怪極了。「這是怎麼搞的？」她想：「我一定又變小了。」她趕緊站起來跑到桌子邊，量一量自己的身高，正如她猜測的那樣，她現在大約只有二英寸高，而且還在迅速的縮小，她很快發現是手上那把扇子在作怪，

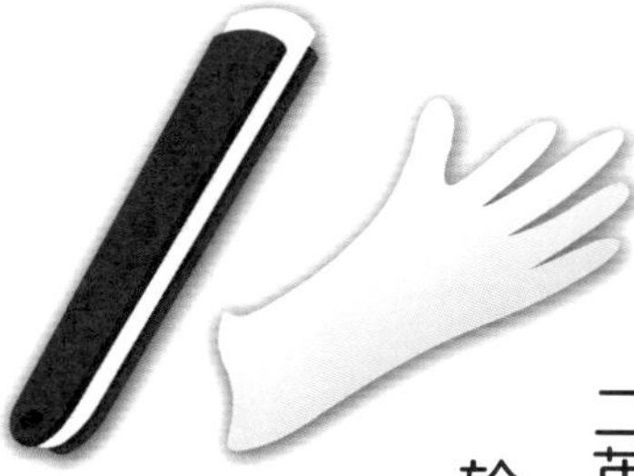

於是她趕緊扔掉扇子，不然就會縮到一點也不剩了。

「好險！」愛麗絲說。她真的嚇壞了，但幸好自己還存在。

「現在，該去花園了！」她飛快的跑到小門那兒，但是小門又鎖上了，小金鑰匙一樣還放在玻璃桌上。「現在更糟糕了，」

可憐的小愛麗絲想：「我還從來沒有縮到這樣小過，這實在是太糟糕了！」

她說話時，突然滑了一跤，「撲通」一聲，鹹鹹的水已經淹到她的下巴。她的第一個念頭是：「掉進海裡了。」她對自己說：「那麼我可以坐火車回去了。」（愛麗絲只去過海邊一次，在那裡有許多更衣間，有一些孩子在沙灘上用木鏟挖洞玩，還有一整排出租的住屋，住屋後面是個火車站，所以她認為英國任何一個海邊都是這個樣子。）然而，不久她就恍然大悟，自己是在一個眼淚池裡，這是她九英尺高時流出的眼淚。

「真希望我剛才沒有掉這麼多眼淚啊！」愛麗絲在眼淚池裡邊游邊說道：「現在我受到報應了，我的眼淚快把自己淹死啦！」

就在這時，她聽到不遠處有划水聲。愛麗絲游了過去，想看看是什麼？起初，她以為看到一隻海象或是河馬。然而，一想起自己變得多麼小，就明白了過來，那不過是一隻老鼠，像自己一樣掉進淚水裡了。

「牠在這裡有用嗎？」愛麗絲想：「跟一隻老鼠講話嗎？這井底下的事情都很奇怪，也許牠也會說話，不管怎樣，試試也沒害處。」於是，愛麗絲開口說：「你好，老鼠先生！你知道要從哪個方向游出池子嗎？我已經游得很累了。」老鼠狐疑的看著她，好像還用一隻眼睛向她眨了眨，但沒說話。

「也許牠聽不懂英語。」愛麗絲想：「我敢說牠一定是一隻法國老鼠，牠是和『征服者威廉』一起來的。」（「征服者威廉」是十一世紀的法國公爵，後來征服並統一了英國。）於是，她又說起法語：「我的貓在哪兒？」這是她法文課本裡的第一個句子。老鼠一聽，突然跳出水池，嚇得渾身發抖。「請原諒我！我忘了你不喜歡貓。」愛麗絲趕緊大聲說，唯恐說到這隻可憐小動物的痛處。

「不喜歡貓？」老鼠激動的尖叫：「假如你是我的話，你會喜歡貓嗎？」

「也許不會。」愛麗絲安撫著說：「別生我的氣了。但我還是希望你能夠見見我的貓咪黛娜，只要見到牠，你就會喜歡上貓了。牠是一隻可愛安靜的小東西！」愛麗絲一面慢慢的游著，一面自言自語的繼續說：「牠坐在火爐邊打呼嚕時真好玩，還會不時舔舔爪子、洗洗臉，摸起來軟綿綿的。還有，她很會抓老鼠……哦，請原諒我！」這次真把老鼠氣壞了。愛麗絲趕緊說：「如果你不高興，我們就不說牠了。」

「誰跟你是『我們』啊！」老鼠大喊，連尾巴都發抖了。「好像我願意說似的！我們家族都仇恨貓這種可惡、下賤、粗鄙的東西！別再讓我聽到這個名字了！」

「我不說了，真的！」愛麗絲說著，急忙改變話題：「你喜歡……喜歡……狗嗎？」老鼠沒回答，於是，愛麗絲熱心的一直說下去：「告訴你，我家附近有一隻眼睛明亮的小獵狗，牠長著長長的棕色捲毛，不但會接住你扔的東西，還會坐立起來跟你討東西吃，更會玩各式各樣的把戲。牠的主人說牠非常有用，價值一百英鎊呢！聽說牠能殺死所有的老鼠，還能……哦，天啊！」愛麗絲內疚的說：「我恐怕又惹你生氣了。」這時老鼠已經拚命的游遠了。

愛麗絲跟在老鼠後面，低聲下氣的說：「親愛的老鼠，我請求你回來吧！你不喜歡的話，我們再也不談貓和狗了！」老鼠聽見這話，轉過身慢慢向她游了回來，臉色蒼白顫抖著說：「我們上岸去吧！然後我將我的故事告訴你，這樣你就會明白為什麼我這麼痛恨貓和狗了。」

是該走了，因為池子裡已經擠滿一大群掉進來的動物：有一隻鴨子、一隻渡渡鳥、一隻鸚鵡、一隻小鷹，還有其他一些稀奇古怪的動物。愛麗絲領著路，和大家一起往岸邊游去。

第三章　會議式賽跑和長篇故事

這一大群動物在岸上集合，鳥兒們的羽毛不停往下滴水、小動物們的毛緊貼在身上。他們全身濕淋淋、筋疲力盡，東倒西歪的，非常狼狽。

現在最重要的一件事情當然就是：怎樣儘快把身子弄乾。對於這個問題，他們聚在一起商量了一會兒。

沒幾分鐘，愛麗絲就和牠們混熟了，好像和他們早就認識似的。愛麗絲甚至和鸚鵡辯論了好長時間，最後鸚鵡生氣了，一直不停的說：「我年齡比你大，肯定比你知道得多。」可是愛麗絲不同意這點，因為愛麗絲根本不知道牠的年齡，而鸚鵡又拒絕透露自己的年齡，於是他們就再也無話可說了。

最後，那隻老鼠（牠在他們當中好像很有威嚴似的）喊道：「全部坐下，聽我說，我很快就會把你們弄乾的！」大家立即坐下來，圍成一個大圈，把老鼠圍在中央。

愛麗絲焦急的盯著牠，她很清楚，如果濕衣服不趕快弄乾的話，會得重感冒的。

「咳，咳！」老鼠煞有介事的說：「你們都準備好了嗎？我來說一個最『乾巴巴』的故事，請大家安靜。『征服者威廉』受到教皇支持，不久就征服了英國，英國人也需要有人領導，而且已經被篡位和征服習慣了。麥西亞和諾桑比亞的伯爵愛德溫和莫卡……（兩人原是英王的姻親，英王戰死後倒戈支持威廉。）

「啊呃……」鸚鵡打了個冷顫。

「對不起！」老鼠皺了皺眉頭，但很有禮貌的問：「你有什麼話要說嗎？」

「我沒有話要說！」鸚鵡急忙答道。

「我還以為你有話要說呢！」老鼠說：「那我繼續講。這兩個地方的伯爵愛德溫和莫卡都宣稱支持威廉，甚至是坎特伯里的愛國大主教斯蒂坎德，也發現這是對的……」

「發現什麼？」鴨子問。

「發現『這』，」老鼠有點不耐煩的回答：「你當然知道『這』的意思吧。」

「在我發現什麼吃的東西時，我當然知道『這』是指什麼。『這』通常指的是一隻青蛙或一條蚯蚓，現在的問題是：大主教發現了什麼？」鴨子說。

老鼠沒理會鴨子的問題，繼續講牠的故事：「……發現應該親自和愛德格．亞瑟陵王一起去迎接威廉，並授予他皇冠。威廉的行動起初還有點節制，可是他那諾曼人的傲慢……你感覺怎麼樣了？親愛的！」牠突然轉向愛麗絲問道。

「跟原來一樣濕。」愛麗絲不開心的說：「你講的這些，一點都沒辦法把我的身體弄乾。」

「在這種情況下，本席提議議程暫停，並為當前情況立即採取更有效的措施。」渡渡鳥站起來，嚴肅的說。

「好好說話！」小鷹說：「你說這一大串話的意思，我半句都聽不懂！更重要的是，我不相信你自己會懂。」小鷹說完後低下頭偷偷笑了，有些鳥兒也咯咯笑了出來。

「我說的是，能讓我們把濕衣服弄乾的最好辦法，是來場會議式賽跑。」渡

渡鳥惱怒的說。

「什麼是會議式賽跑？」愛麗絲問，愛麗絲本來不想多問，不過渡渡鳥說到這裡就打住了，似乎在等著別人發問，但偏偏又沒人想問牠。

渡渡鳥說：「對，為了說明，最好的辦法就是我們親自做一遍。」

首先，牠在地上畫出一個比賽的跑道，形狀有點像個圓圈。牠說：「形狀無論像什麼都沒關係。」然後，大家就在圈子內隨意找個地方站著，也不用說「一，二，三，開始！」誰想開始就開始，誰想停下就停下。所以，也不清楚這場比賽什麼時候結束。

他們跑了半小時左右，衣服大致都乾了，這時渡渡鳥喊道：「比賽結束！」眾人喘著氣圍攏過來，不停追問：「誰贏了？誰贏了？」這個問題，渡渡鳥得好好考慮一下才能回答。因此，牠坐下來，用一根指頭撐著前額想了好久，大家都靜靜的等著。最後，渡渡鳥說：「每個人都贏了，所以每個人都有獎品！」

「那麼，誰要給獎品呢？」大家齊聲問。

「誰？當然是她！」渡渡鳥用一根手指指著愛麗絲說。於是，這一大群動物立刻圍住愛麗絲，七嘴八舌的喊：「獎品！獎品！」

愛麗絲不知道該怎麼辦才好，她無可奈何的把手伸進衣服口袋。嘿！還有一盒糖果，真幸運！居然沒讓淚水給浸透。她把這些糖果當作獎品，發送給大家。正好每位分到一塊。

「可是她自己也應該有一份獎品啊！」老鼠說。

「那當然！」渡渡鳥非常嚴肅的回答：「你的口袋裡還有別的東西嗎？」牠轉向愛麗絲問道。

「只有一個頂針了。」愛麗絲傷心的說。

「把它拿來。」渡渡鳥說。

於是，大家又團團圍住愛麗絲，渡渡鳥接過頂針後，莊重的把它交到愛麗絲手上，說：「我們懇請你接受這只精緻的頂針。」這句簡短的話一說完，大家都一起歡呼了起來。

愛麗絲認為這整件事情非常荒唐，但牠們卻十分認真，她也不敢笑，而且一時間又想不出該說什麼話，只好鞠個躬，儘量裝得一本正經，接過頂針。

接下來就是把糖果吃了，但這又引起了一陣吵鬧。大鳥們抱怨還沒嚐出味道，糖果就沒了；小鳥們被糖塊噎著，還得別人替牠們拍背，把糖塊吐出來。

不管怎麼說，最後，糖果總算吃完了。他們又圍坐成一個大圓圈，請老鼠再講點故事。「你記得嗎？你答應過要講你的經歷，」愛麗絲說：「和你為什麼痛恨……痛恨『喵』和『汪』呀！」她壓低聲音加了這句話，怕說出貓和狗兩個字會惹老鼠生氣。

「我的故事是一個悲傷的故事，說來話長。」老鼠感歎地對愛麗絲說。

愛麗絲沒有聽清楚這句話，她看著老鼠的尾巴納悶著：「那確實是根長尾巴，可是為什麼說長尾巴是悲傷的呢？」（在英語裡，「故事 TALE」和「尾巴 TAIL」發音相同，所以愛麗絲搞錯了。）

在老鼠講故事的整個過程中，愛麗絲還一直為這問題納悶，因此，在她腦子裡就把整個故事想像成了這樣：

獵狗對屋子裡的一隻老鼠
說道：「我倆到法庭去，
我要起訴你，我不睬你
的狡辯，定要審個明
白，我今早實在閒得
發慌。」老鼠對惡
狗說：「這樣的
審判，既沒有
陪審員，又沒
有法官，你我
不過是浪費時間。」獵
狗說：「我就是陪審員，
我就是法官，我
一人審完全
案。定你
死罪就是
我對你
的審判
！」

「你根本沒有在聽！」老鼠嚴厲的對愛麗絲說：「你在想什麼呢？」

「請原諒我！」愛麗絲心虛的說：「我想你已經拐到第五個彎了？」

「還有一大截呢！」老鼠非常生氣，厲聲說道。

「一個大『結』？」愛麗絲說。這個隨時準備幫助別人的熱心小姑娘，立刻焦急的尋找起來：「哦，讓我幫你解開。」

「我什麼結都沒有，你這些廢話侮辱了我！」老鼠說著，站起身走了。

「我沒有侮辱你的意思！可是你也太容易生氣了！」可憐的愛麗絲辯解道。

老鼠咕嚕了一聲，沒理她，走了。

「請你回來講完你的故事！」愛麗絲喊道。其他動物也齊聲說：「是啊！請回來吧！」但是，老鼠只是不耐煩的搖著腦袋，走得更快。

「牠走了，多可惜啊！」當老鼠走得看不見的時候，鸚鵡歎息的說道。老螃蟹也趁這個機會對女兒說：「哦，親愛的，這是一個教訓，告訴你以後永遠都不要發脾氣。」

「別說了，媽！你這麼囉嗦，連牡蠣也忍受不了。」小螃蟹沒好氣的反駁道。

「我多麼希望我的黛娜在這兒呀！」愛麗絲對自己大聲說道：「牠一定會馬上把老鼠抓回來的！」

「請允許我冒昧問一下，黛娜是誰呢？」鸚鵡說。

愛麗絲隨時都很樂意談論她心愛的小寶貝，所以她歡快的回答：「黛娜是我的貓，她抓老鼠可厲害了，你們簡直無法想像。嘿！我還希望你看看牠是怎麼抓鳥的：她只要看見一隻鳥，一眨眼就會把牠吃到肚子裡去！」

這話惹得大家驚慌不已，有些鳥慌忙離開，老喜鵲小心翼翼的把自己裹緊，解釋道：「我必須回家了，晚上的空氣讓我的喉嚨感到不舒服。」金絲鳥發抖著呼喚牠的孩子：「走吧！親愛的，你們早該睡覺了。」牠們全都在各種藉口下走掉了。不久，又只剩下愛麗絲孤單單的一個人了。

「我剛才要是不提黛娜就好了！」愛麗絲傷心的對自己說：「這裡好像沒有動物喜歡牠的。唉！只有我知道牠是世界上最好的貓。啊！我親愛的黛娜，真不知道還會不會再見到你！」說到這裡，可憐的小愛麗絲眼淚又流出來了，她感到非常孤獨和沮喪。

過了好一會兒，總算聽見遠處傳來腳步聲。她眼巴巴的抬起頭，盼望是老鼠改變主意，回來講完牠的故事。

第四章　兔子派小比爾進屋

原來是那隻白兔！牠又慢慢的走回來了。

牠在剛才走過的路上焦急的尋尋覓覓，好像在找什麼東西，愛麗絲還聽到牠在嘀咕：「公爵夫人，公爵夫人！她一定會把我的腦袋砍下來的，一定會的！唉，我親愛的小爪子呀！我的毛皮和鬍鬚呀！可是，我究竟是在哪兒弄丟的呢？」

愛麗絲馬上猜到牠在找那把扇子和那雙羊皮手套，於是，她也好心的幫忙到處尋找，但也沒找到。從她掉進眼淚池之後，好像所有東西都變了，就連那個有著玻璃桌子和小門的大廳也不見了。

當愛麗絲還在到處尋找的時候，兔子看見了她，並生氣的對她喊道：「喂！瑪麗安，你在這裡幹什麼？馬上跑回家把手套和扇子拿來。趕快去！」愛麗絲嚇得要命，顧不得去解釋牠的誤會，便趕緊照牠指的方向跑去。

「牠把我當成牠的女僕了。」她邊跑邊對自己說：「要是牠以後發現我是誰的話，一定會嚇一大跳！可是，我最好還是幫牠把手套和扇子拿去──要是我能找到的話。」

說著說著，她來到一幢整潔的小房子前，門上掛著一塊明亮的黃銅小牌子，上頭刻著「白兔寓」。她沒有敲門就進去了，接著便急忙往樓上跑，生怕碰上真正的瑪麗安，在還沒有找到手套和扇子之前，就被趕了出去。

「這真是奇怪，幫一隻兔子跑腿！」愛麗絲對自己說：「我看下一回就該輪到黛娜使喚我了。」

於是她開始想像起那情景──

『愛麗絲小姐，快點過來，準備去散步。』

『我馬上就來，奶媽！可是在黛娜回來之前，我還得看著老鼠洞，不許老鼠出來。』

「不過，假如黛娜像這樣使喚人的話，他們就不會讓牠繼續待在家裡了。」

這時，她已經走進一間整潔的小房間，窗邊有張桌子，桌子上正如她希望的那樣，有一把扇子和兩、三雙很小的白羊皮手套。她順手拿起扇子和一雙手套。當她要離開房間的時候，目光正好落在鏡子旁邊的一個小瓶子上。這次，瓶子上沒有「喝我」的字樣，愛麗絲卻拔開瓶塞，直接往嘴裡倒。她想：「每次我吃、喝一點東西，總會發生一些有趣的事，不知道喝下這瓶會發生什麼？我真希望它會讓我長大。現在這個小不點的模樣，真讓人厭煩。」

小瓶子真的讓她變大了，而且比她想像的還快！她還喝不到一半，頭就已經碰到了天花板。她必須立刻停下，不能再喝了！不然脖子就要被折斷了！愛麗絲趕緊扔掉瓶子，對自己說：「現在已經夠了，不要再長了，但就算是現在這樣，我也已經出不去了。唉，剛才不應該喝那麼多的！」

但是已經太遲了！她繼續長啊！長啊！沒一會兒就得跪在地板上了。一分鐘後，她必須躺下來，一隻手撐在地上，一隻手抱著頭。可是她還在長，沒辦法，她只得把一隻手臂伸出窗子，一隻腳伸進煙囪，然後對自己說：「要是還繼續長的話怎麼辦？我會變成什麼樣子呢？」

幸運的是，這個小魔瓶的作用終於發揮完，她不再長了。不過，看來她已經不可能從這個房子出去了。

「我在家的時候多舒服呀！」可憐的愛麗絲想：「在家裡不會一會兒變大、一會兒變小，也不會被老鼠和兔子使喚。如果我沒有鑽進這兔子洞就好了，可是……可是這種生活是那麼的離奇，我還會變成什麼呢？讀童話故事時，我總認為那種事情永遠不會發生，可是現在自己竟然就在童話故事裡。應該要有一本關於我的童話，等我長大之後……可是我現在已經長大了啊！」她又傷心的加了一句：「至少這兒已經沒有讓我再長的餘地了。」

「可是，」愛麗絲想：「我現在已經夠大了，以後也不會再長了！這也不錯，我永遠不會成為老太婆了。可是這樣，就得一直去上學。唉，這我可不願意！」

「啊，你這個傻愛麗絲！」她又回答自己：「你在這兒怎麼可能去上學呢？這間房子都差點裝不下你，哪還有放書本的地方呢？」

　　她就這樣不停的說，先假裝這個人，又假裝另一個人，就這樣對談了一大堆話。直到幾分鐘後，她聽到門外有聲音，才停下來去聽那個聲音。

　　「瑪麗安！瑪麗安！」那個聲音喊道：「趕快把我的手套拿來！」然後是一連串小腳步的聲音跑上樓梯。愛麗絲知道是兔子來找她了，她嚇得渾身發抖。連屋子都一起搖晃起來，其實，她忘了自己現在比兔子大了將近一千倍。

　　兔子到了門外，想推開門，但是門是往內開的，愛麗絲的手肘正好頂著門，兔子推也推不動，愛麗絲聽到牠自言自語的說：「繞到旁邊從窗子爬進去好了。」

「你休想。」愛麗絲暗忖。她等了一會兒，聽見兔子走到窗戶下，便突然張開手，在空中抓了一把。雖然她沒有抓住任何東西，卻聽到一聲尖叫和摔倒的聲音，還有撞破玻璃的聲響。從聲音聽來，她猜兔子是摔進溫室之類的地方了。

接著就聽到兔子氣惱的喊道：「派特！派特！你在哪裡？」然後，是一個陌生的聲音：「是，老爺！我在這兒挖蘋果呢！」（他指的可能是「愛爾蘭馬鈴薯」Irish potatoes，又稱為 Irish apples。）

「哼！還挖蘋果呢！」兔子氣呼呼的說：「到這裡來，把我拉出去！」接著又是一陣玻璃破碎的聲音。

「告訴我，派特，窗子裡那是什麼東西？」

「是一隻手臂，老爺！」

「一隻手臂！你這個傻瓜，哪有這樣大的手臂？整個窗戶都被塞滿了！」

「是的，老爺，但那確實是一隻手臂。」

「別囉嗦了，趕快把它給我移開！」

外面突然沉寂許久，愛麗絲只偶爾聽見幾句低聲的話語，如：「我怕，老爺，我真怕！」、「照我說的做，你這個膽小鬼！」最後，愛麗絲又張開手，在空中抓了一把，這次聽到兩聲尖叫和更多撞破玻璃的聲音。「這裡一定有很多玻璃溫室！」愛麗絲心想：「不知道牠們下一步要做什麼？是不是要把我從窗子裡拉出去？我真希望牠們能成功，我實在不願意再這樣待下去了！」

她等了一會兒，沒有聽到什麼聲音。最後才終於傳來小車輪的滾動聲，以及許多人七嘴八舌的嘈雜聲。

「另外一個梯子呢？」

「嗯，我只拿了一個，另一個比爾拿著。」

「比爾，把梯子拿過來，小夥子！到這兒來，放到這個角落。」

「不對，先綁在一起，現在還沒一半高呢！」

「對，夠了，你別挑剔了！」

「比爾，這裡，抓住這條繩子……屋頂承受得了嗎？」

「小心！那塊瓦片鬆了！」

「掉下來了！低頭！」（巨大的響聲）

「現在誰來弄？」

「我認為比爾比較適合，牠可以從煙囪裡下去。」

「不，我不要！」

「快去！」

「我不要……」

「讓比爾下去……比爾！主人說讓你下煙囪去！」

「喔，這麼說，是比爾要從煙囪下來囉？」愛麗絲對自己說：「嘿，牠們好像把什麼事情都推到比爾身上，要是我才不肯呢！說真的，這個壁爐真窄，不過我還是可以稍微踢一下的。」

她把伸進煙囪裡的腳收了收，等聽見一個小動物在煙囪裡連滾帶爬的接近她的腳上方，她想：「這就是比爾了。」同時狠狠踢上一腳，然後等著看接下來會發生什麼事。

她先是聽到一片叫嚷聲：「比爾飛出來啦！」然後是兔子的聲音：「喂，籬笆邊的人，快幫忙接住牠！」靜了一會兒，然後又是一片亂哄哄：「扶起牠的頭，快！白蘭地！……別害牠嗆到！……怎麼樣了，老朋友？剛才你碰見什麼了？快告訴我們！」

最後傳來的是一個微弱的聲音（愛麗絲認為這一定是比爾）：「唉，我什麼也不知道……謝謝你，我已經好多了……我太緊張了，說不清楚，我只知道……不知道什麼東西，就像玩具盒裡的彈簧人偶一樣彈過來，然後，我就像火箭一樣飛了出來！」

「沒錯，老朋友！你真的就像火箭一樣。」另外一個聲音說。

「我們必須把房子燒掉！」這是兔子的聲音。所以，愛麗絲竭力喊道：「你們敢這樣做，我就放黛娜來咬你們！」

緊接著，是一片死寂。愛麗絲心想：「不知道牠們下一步想幹什麼，如果牠們夠聰明的話，就應該先把屋頂拆掉。」過了一、兩分鐘，牠們又開始走動，愛麗絲聽到兔子說：「先用一車好了。」

「一車什麼呀？」愛麗絲納悶的想，但沒多久她就明白了，小石頭像暴雨似的從窗戶被扔進來，有些小石頭還打在她臉上。「我要讓牠們住手。」她對自己說，然後大聲喊道：「**你們給我住手！**」這一聲喊叫後，又是一片寂靜。

愛麗絲驚奇的注意到，那些小石頭掉到地板上，全部變成了小糕點。她的腦中立即閃過一個好主意：「也許我吃一塊就會變小了。現在我已經不可能再變大了。如果是這樣，它一定會讓我變小的。」

於是，她吞了一塊糕點，很開心自己在迅速縮小。在小到剛好能夠走出門口的時候，她馬上跑出了屋子。她看到一群動物和鳥守在外面，那隻可憐的小壁虎比爾在中間，被兩隻豚鼠扶著，牠們正從瓶子裡倒出東西餵牠。發現愛麗絲出現的那一瞬間，牠們全部向她衝了過來。愛麗絲拚命的跑，總算逃離了他們。不久後，她平安來到一座茂密的樹林。

漫步在樹林中，愛麗絲對自己說：「我現在要做的第一件事，就是把自己變回正常大小；第二件事就是，找到通往那個美麗花園的路。我想，這是最好的計畫了。」

聽起來，這真是個不錯的計畫，而且安排得美妙又簡單；唯一的困難是，她不知道要怎麼做。正當她在樹林中著急的四處張望時，頭頂上突然傳來尖細的狗吠聲。她急忙抬頭往上看，那是一隻巨大的小狗，正瞪著又大又圓的眼睛望著她，還輕輕的伸出一隻爪子想抓她。

「可憐的小東西呀！」愛麗絲用哄小孩的聲調說，一邊還努力的對牠吹口哨。但實際上，她心裡怕得要命，因為她想牠有可能餓了。如果是這樣，不管她怎麼哄牠，還是很有可能被牠吃掉。

她拾起一根小樹枝伸向小狗，那隻小狗立刻跳起來汪汪叫，開心的衝向樹枝，張口就想咬。愛麗絲急忙躲進一排薊樹叢後面，生怕被小狗撞倒。

她才閃身躲過，小狗又撲了過來。這次牠衝得太急，不但沒咬到樹枝，還翻了個筋斗。愛麗絲覺得好像在跟一匹馬玩耍，隨時有被牠踩在腳下的危險。因此，她又繞著薊樹叢繼續閃躲。那隻小狗發動一連串的衝刺，每一次都衝過頭，然後又退得好遠，牠大聲的狂吠，最後在遠遠的地方坐了下來，喘著氣，舌頭伸在嘴外，也半閉著那雙大眼睛。

這是愛麗絲逃跑的好機會，於是她轉身就跑，一直跑到喘不過氣，小狗的吠聲也快聽不到了，才停下來。

「不過，那隻小狗真可愛啊！」愛麗絲靠在一棵毛茛上休息，用一片毛茛葉搧著風，「要是我和平常一樣大就好了，真想教牠玩許多把戲呢！天啊，我差點忘了我還得想辦法再長大呢！讓我想一想，這要怎麼做啊？我應該要吃點或喝點什麼東西，但究竟是什麼呢？」

確實，最大的問題就是：要吃什麼或喝什麼呢？愛麗絲看看周圍的花草，並沒有可吃或能喝的東西。離她不遠的地方，長著一棵大蘑菇，和她差不多高。她打量了蘑菇底下、邊沿、背面，還想到應該看看上面有什麼東西。

她踮起腳尖，沿蘑菇邊緣朝上一瞧，瞧見一隻藍色大毛毛蟲，正環抱雙臂坐在那兒，靜靜的吸著一根長長的水煙管，根本沒注意到她和其他事情。

第五章　毛毛蟲的建議

毛毛蟲和愛麗絲沉默的對望了好一會兒。最後，毛毛蟲從嘴裡拿出水煙管，用倦怠的、懶洋洋的語氣和她說起話來。

「你是誰？」毛毛蟲問。

這開場白真讓人尷尬。愛麗絲怪不好意思的回答：「……我也不清楚，先生。今天早上起床時，我還知道我是誰，可是後來我已經變了好幾回了。」

「你這話是什麼意思？」毛毛蟲嚴厲的說：「你自己解釋一下！」

「先生，我沒辦法解釋。」愛麗絲說：「我已經不是我自己了，您知道的。」

「我不知道。」毛毛蟲說。

「我不知道要怎麼解釋清楚。」愛麗絲非常有禮貌的回答：「因為我真的不知道是怎麼回事。一天裡變大變小好幾次，把我完全搞糊塗了。」

「我不這麼認為。」毛毛蟲搖了搖頭。

「唉，也許你還體會不到。」愛麗絲說：「可是，當你哪一天變成蛹——你知道自己總有一天會這樣的——之後又變成一隻蝴蝶的時候。我想你也會感到有點奇怪的，是不是？」

「一點也不會。」毛毛蟲說。

「可能你的感覺和我不一樣。」愛麗絲說：「這些事讓我覺得非常奇怪。」

「你？」毛毛蟲輕蔑的說：「你是誰？」

這句話又讓他們的談話繞回到最一開始的問題。對於毛毛蟲那些非常簡短的回答，愛麗絲有點不高興，她挺直身子一本正經的說：「你應該先告訴我，你是誰？」

「為什麼？」毛毛蟲說。

這又成了一個難題，愛麗絲想不出什麼好理由來回答牠。看來，毛毛蟲似乎非常不樂意談話，因此愛麗絲轉身想要走了。

「回來！」毛毛蟲在她身後叫道：「我有幾句很重要的話要講！」這句話勾起愛麗絲的好奇心，於是她又走了回來。

「別發脾氣嘛！」毛毛蟲說。

「就是這句話嗎？」愛麗絲忍住怒氣問道。

「不。你認為你已經變了，是嗎？」毛毛蟲說。

「我想是的，先生。」愛麗絲說：「我平時知道的事，現在都忘了。甚至，我連保持這個大小十分鐘都做不到。」

「你忘了些什麼？」毛毛蟲問。

「我想要背誦《小蜜蜂》，可是背出來全走樣了！」愛麗絲傷心的回答。

「那你背看看《威廉爸爸你老了》吧！」毛毛蟲說。

於是愛麗絲交握雙手，開始背誦：

年輕人說：
威廉爸爸您老啦！
頭上已經白髮斑斑，
還在頭下腳上倒立，
這把年紀受得了嗎？

爸爸回答兒子：
年輕時怕傷了腦子，
現在腦袋已經空空，
我便這樣玩個不停。

年輕人說：
威廉爸爸您老啦！
已經變得又肥又胖，
卻一個前空翻進門，
究竟是怎麼辦到的？

爸爸甩甩灰髮說：
年輕關節保持靈活，
用一先令一盒油膏，
要不我賣兩盒給你？

年輕人說：
威廉爸爸您老啦！
下巴弱得喝稀湯，
吃鵝卻連骨啃光，
到底怎麼做到？

爸爸說：
年輕時我讀法律，
常和太太辯論法案，
練得下巴肌肉發達，
一輩子都受用無窮。

年輕人說：
威廉爸爸您老啦！
眼睛竟這般明亮，
把鰻魚頂在鼻尖，
您怎麼會這麼棒？

他的爸爸說：
夠了，不要太放肆！
我已回答三個問題，
你別整天喋喋不休，
不走就一腳踢下樓！

「背錯了！」毛毛蟲說。

「我也覺得不對。」愛麗絲羞怯的說：「有些字背錯了。」

「從頭到尾都錯了！」毛毛蟲很不客氣的說。然後他們又安靜下來了。

過了幾分鐘，毛毛蟲打破沉默說：「你想變成什麼大小？」

「什麼大小我倒不在乎。」愛麗絲急忙回答：「可是，沒有人會喜歡一直變來變去的，您知道的。」

「我不知道。」毛毛蟲說。

愛麗絲從來沒有像這樣一直被反駁過，她覺得自己快要發脾氣了。

「你滿意現在的樣子嗎？」毛毛蟲說。

「哦，如果你不反對的話，先生，我想再大一點。」愛麗絲說：「像這樣只有三英寸高，實在是太可憐了。」

「這個高度剛剛好！」毛毛蟲生氣的說，牠說話時還用力的挺直身子，正好是三英寸高。

「可是我不習慣這個高度！」愛麗絲可憐巴巴的說道，同時心裡想：「希望這傢伙別這麼容易生氣。」

「你很快就會習慣的。」毛毛蟲說著，又把水煙管放進嘴裡抽了起來。

幾分鐘後，毛毛蟲打了個哈欠，搖搖身子，然後從蘑菇上爬下來，爬過草地，嘴裡說著：「一邊會使你長高，另一邊會使你變矮。」

「什麼東西的一邊，什麼東西的另一邊？」愛麗絲琢磨著。

「當然是蘑菇。」毛毛蟲說完話後，一眨眼就不見了。

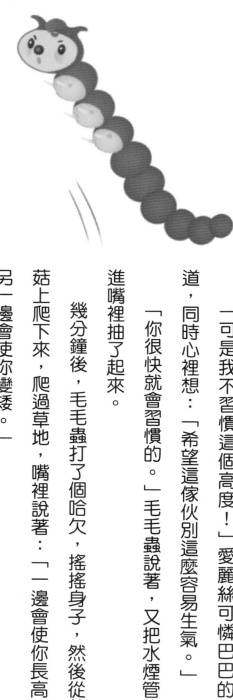

愛麗絲仔細端詳著那個蘑菇，思考著哪裡是它的兩邊，因為它長得很圓。最後，她伸開雙臂環抱著它，然後兩隻手分別掰下一塊蘑菇邊。

「現在哪塊是哪邊呢？」她問自己。她先啃了右手那塊，突然，她覺得下巴被狠狠撞了一下，原來是她的下巴碰到腳背了。她非常害怕，這縮得實在是太快了，再不抓緊時間就會縮得一點也不剩。於是，她立即去吃另一塊，雖然下巴和腳背緊緊頂在一起，讓她幾乎張不開口，不過最後總算是啃了一點左手的蘑菇。

「啊，我的頭自由了！」愛麗絲高興的說，可是轉眼間高興就變成了恐懼。因為，她發現她找不到自己的肩膀了，往下看時，只能看見長長的脖子，就像是一根花莖高高的矗立在一片綠色海洋上方。

「下面那片綠色是什麼東西啊？」愛麗絲說：「我的肩膀呢？哎呀！我怎麼看不到我可憐的雙手了？」她邊說邊揮動雙手，可是除了遠處的綠樹叢微微晃動之外，什麼也沒發生。

看來她是沒辦法把手舉到頭上了。於是，她試著把頭彎下去向手靠近。她開心的發現自己的脖子像蛇一樣，可以上下左右隨意扭轉。她把脖子彎下，變成一個「S」形，準備一頭伸進那片綠色海洋裡去。她發現這片綠色海洋不是別的，正是自己剛才漫遊其中的那片樹林。

突然，一聲尖銳的嘶啼聲讓她急忙縮回頭。只見一隻大鴿子朝她的臉飛來，

搧著翅膀瘋狂的拍打。

「蛇！」鴿子尖叫著。

「我不是蛇！」愛麗絲生氣的說：「你走開！」

「我再說一遍，蛇！」鴿子低聲重複，還嗚咽的加了一句：「我各種方法都試過了，但是沒有一樣能叫牠們滿意！」

「你在說什麼？我完全聽不懂！」愛麗絲說。

「我試了樹根、試了河岸、還試了籬笆，」鴿子不理會愛麗絲，繼續說著：「可是這些蛇！牠們就是不滿意！」

愛麗絲越聽越覺得奇怪，但是她知道，鴿子不說完自己的話，是不會讓別人說話的。

「光是孵蛋就夠麻煩了。」鴿子說：「我還得防備蛇的偷襲，天啊！我這三個星期都還沒闔過眼呢！」

「真可憐。」愛麗絲開始有點明白牠的意思了。

「我才剛把家搬到這樹林中最高的樹上，」鴿子越說越大聲，甚至尖聲吶喊起來：「我原以為自己已經擺脫牠們了，結果牠們還非要彎彎扭扭的，從天上下來不可。唉，這些蛇呀！」

「我可不是蛇，我告訴你！」愛麗絲說：「我是一個……我是一個……」

「那你是什麼？」鴿子說：「我看得出來你正想編謊話哩！」

「我是一個小姑娘。」愛麗絲猶豫的說，因為她想起自己這一天經歷過那麼多次變化。

「說得還真像一回事啊！」鴿子十分輕蔑的說：「我這輩子看過許多小姑娘，從來沒有一個長著像你這樣的長脖子！沒有，絕對沒有！你是一條蛇，辯解也沒用，我知道你還要告訴我，你從來沒有吃過一顆蛋吧！」

「我確實吃過許多的蛋，」誠實的愛麗絲說：「可是你知道，小姑娘也像蛇那樣，要吃好多蛋的。」

「我不相信！」鴿子說：「假如她們吃蛋的話，我只能說她們也是一種蛇。」

這對愛麗絲來說真是個新的概念，她呆愣了幾分鐘。

於是鴿子趁機加上一句：「反正你是在找蛋，因此，你是姑娘還是蛇，對我都一樣。」

「這對我很不一樣！」愛麗絲急忙辯解：「而且老實說，我不是在找蛋。就算我在找蛋，我還不要你的呢！我不吃生蛋。」

「哼，那就滾開！」鴿子生氣的說，然後就飛下去鑽進牠的窩裡。

愛麗絲費勁的往樹林裡蹲低，因為她的脖子常常會被樹叉勾住，必須隨時停下來把脖子從樹枝上解開。過了一會兒，她想起手裡的兩塊蘑菇。於是，她小心的咬咬這塊，又咬咬那塊。因此她長高了一點，又縮小了一點，最後終於變回到正常的身高。

可憐的愛麗絲這段時間變化太多次，所以剛恢復正常身高，她還感覺有點怪怪的，不過幾分鐘之後就習慣了。

然後她又像平常那樣和自己說起話來：「現在我的計畫完成了一半。這些變化太奇怪了，我都不知道下一分鐘，自己會變成什麼樣子。不管怎樣，現在我總算變回原來的大小，下一件事，就是去找那個美麗花園。可是，我不知道該怎麼去呀？」

說著說著她來到了一片開闊的土地，那裡有一間四英尺高的小房子。

「不管是誰住在這裡，」愛麗絲想：「現在我這個大小可不能進去，否則準會把他們嚇得魂飛魄散。」她小口小口的吃了一點右手的蘑菇，直到自己變成九英寸高，才朝那間小房子走過去。

第六章　小豬和胡椒

她站在小房子前面看了幾分鐘，想著下一步該做什麼。突然間，一個穿著制服的男僕從樹林裡跑了出來（她之所以認為他是一個男僕，是因為他穿著僕人的制服，但如果只看他的臉，她會把他看成是一條魚），他用腳使勁踢著門。另一個穿著制服、臉蛋圓圓的、眼睛像青蛙一樣的僕人開了門。愛麗絲非常想知道到底是怎麼回事，於是就從樹叢裡探出頭來聽他們說些什麼。

魚僕人從手臂下面拿出一封很大的信，這封信幾乎和他的身子一樣大，他把信遞給那個青蛙僕人，以莊嚴的聲調說：「致公爵夫人：王后邀請她去玩槌球。」那位青蛙僕人把語序變了一下，用同樣莊嚴的聲調重複說：「王后的邀請：請公爵夫人去玩槌球。」

他們倆深深的互相鞠了個躬，然後魚僕人就走了。另一位坐在門口地上，呆

呆的望著天空出神。

愛麗絲怯生生的走到門口，敲了敲門。

「敲門沒用。」那位僕人說：「這有兩個原因：第一，因為我和你一樣，都在屋外。第二，他們在屋裡吵吵嚷嚷，根本不會聽到敲門聲。」確實，屋裡傳來很奇特的吵鬧聲：有不斷的哭嚎聲，有打噴嚏聲，還有不時打碎東西的聲音，聽起來像是盤子或瓷壺被砸得粉碎。

「那麼，請告訴我，」愛麗絲說：「我要怎麼做才能進去呢？」

「如果這扇門在我們之間，你敲門，可能還有意義。」那僕人沒去注意愛麗絲，繼續說道：「比如，你在裡面而我在外面，你在裡面

敲門的話，我就能打開門讓你出來。」他說話時，一直盯著天空，愛麗絲認為這是很不禮貌的。「不過也許他也是不得已的，」她對自己說：「他的兩隻眼睛幾乎長到頭頂上了，不過這應該不妨礙他回答問題。」

於是，她又大聲重複了一遍：「我該怎樣進去呢？」

那個僕人繼續說他自己的：「我就坐在這裡，直到明天……」。

就在這時，房子的門打開，一個大盤子朝僕人的腦袋飛來，掠過他的鼻子，砸碎在他身後的一棵樹上。

「或者再過一天。」僕人繼續用同樣的口吻說著，彷彿什麼也沒發生過。

「我該怎麼進去呢？」愛麗絲更大聲的問。

「你到底能不能進去？」僕人說：「要知道，這才是首先該決定的問題。」

當然是這樣，不過愛麗絲不喜歡這樣被人說教。「真討厭，」她對自己喃喃的說：「這些人討論問題的方法，真能叫人發瘋。」

那僕人不斷重複著自己剛才說的話，不過稍微改變了一點說法：「我將從早到晚坐在這裡，一天又一天的坐下去。」

「可是我該幹什麼呢？」愛麗絲說。

「你想幹什麼就幹什麼。」僕人說完就吹起口哨來了。

「唉，和他說話沒用！」愛麗絲失望的說：「他完全是個傻子！」

於是，她推開門進去了。這門直通一間大廚房，廚房裡充滿煙霧，公爵夫人坐在中間一張三隻腳的小凳子上，正在照料一個小嬰兒。廚師傾身在爐子上的一個大鍋裡攪拌著，裡頭似乎是滿滿的湯。

「湯裡的胡椒實在太多了！」愛麗絲一邊不停的打噴嚏，一邊對自己說。

的確是太多了，連空氣裡也全是胡椒味，就連公爵夫人也不停的打噴嚏。至於那個嬰兒，不是打噴嚏就是哭嚎，一刻也不停。這間廚房裡只有女廚師和一隻大貓沒有打噴嚏，那隻貓正趴在爐子旁，咧著嘴笑得嘴角都開到兩邊耳朵了。

「請告訴我，」愛麗絲有點膽怯的問，因為她並不十分清楚，自己先開口有沒有禮貌。「為什麼你的貓能笑呢？」

「因為牠是柴郡貓。」公爵夫人說：「那就是原因。豬！」

公爵夫人兇狠的說出最後一個字，把愛麗絲嚇了一大跳。但是，愛麗絲馬上發現她在跟嬰兒說話，不是對自己說，於是她又鼓起勇氣，繼續說：

「我還不知道柴郡貓有一張笑臉，事實上，我壓根不知道貓會笑。」

「牠們都能，」公爵夫人說：「而且大多都會笑。」

「我連一隻都沒見過。」愛麗絲非常有禮貌的說。

「你知道的太少了，」公爵夫人說：「這是事實。」

愛麗絲不喜歡這妄下定論的口氣，想著最好換個話題，她正在想話題的時候，女廚師把湯鍋從火上端開，接著就把手邊的東西，全部扔向公爵夫人和嬰兒。火鉗第一個飛來，然後平底鍋、盆子、盤子也像暴風雨似的疾飛而來。公爵夫人根本不理會，甚至打到身上都沒反應。而那嬰兒先前就在嚎啕大哭，所以也不知道這些東西有沒有打到他身上。

「喂，當心點！」愛麗絲喊著，嚇得心頭不停的跳。「哎喲，他那小鼻子完了。」一個特大平底鍋飛過來，從嬰兒的鼻子擦掠而過，差點把他的鼻子削掉。

「如果每個人都管好自己的事，」公爵夫人嘶啞著嗓子，憤憤的說：「地球會轉得快一些。」

「這沒好處。」愛麗絲說，她很高興有機會表現自己的智慧：「你想想，這會給白天和黑夜帶來什麼結果呢？要知道，地球自轉一周要二十四個小時。」

「你說什麼？」公爵夫人說：「把她的腦袋給我砍下來！」

愛麗絲不安的瞧了女廚師一眼，看她是不是準備執行這個命令，但女廚師正忙著攪湯，好像根本沒聽到，於是愛麗絲又繼續說：「我想是二十四個小時。還是十二個小時？我……」

「好啦！別煩我！」公爵夫人說：「我受不了數字！」說完又哄起嬰兒來，

她一面哄一面唱著催眠曲，每句唱完就把孩子猛烈的搖一下：

「罵你這壞寶寶，
一打噴嚏就打你，
別撒嬌，別裝傻，
只會搗亂不睡覺。」

合唱：「哇！哇！哇！」（女廚師和嬰兒也參加）

公爵夫人唱第二段時，把嬰兒猛烈的扔上扔下，可憐的小傢伙拚命哭嚎，所以愛麗絲幾乎都聽不清歌詞了。

「罵你這壞寶寶，
一打噴嚏就打你，
別愛哭，別愛鬧，
聞了胡椒就睡覺。」

合唱：「哇！哇！哇！」

「來！如果你願意的話，抱他一會兒！」公爵夫人一邊對愛麗絲說，一邊把小孩扔給她。「我要和王后玩槌球，我得先去準備一下。」說著就急急忙忙走出房間。在她往外走時，女廚師從後面朝她扔了個炸油鍋，但是沒打著。

愛麗絲費勁的接住那個嬰兒，他是個樣子奇特的小生物，雙手和雙腿向各個方向伸展著。「真像隻海星。」愛麗絲想，她抓著他時，這可憐的小傢伙像蒸汽機似的嗚嗚叫著，還把身子一會兒蜷曲起來、一會兒伸開，就這樣不停的折騰，搞得愛麗絲在剛開始的幾分鐘裡，只能勉強把他抓住。

後來，愛麗絲發現只要把他像打結一樣擠成一團，然後抓緊他的右耳和左腳，他就不能伸開了。她一找到這種可以抱住他的辦法，就把他帶到屋子外面空地。「如果我不把嬰兒帶走，」愛麗絲想：「她們遲早會把他弄死的。把他扔在這裡不就是害了他嗎？」最後一句話，她不小心說出聲，那個小傢伙咕嚕了一聲回應她。「別咕嚕！」愛麗絲說：「你這樣太不像話了！」

那嬰兒又咕嚕了一聲，愛麗絲不安的看了看他的臉，想知道是怎麼回事。只見他鼻子朝天，根本不像個正常人的鼻子，倒像個豬鼻子；他的眼睛也變得很小，不像個嬰兒了。愛麗絲不喜歡他這副模樣。「也許他在哭吧！」愛麗絲想，然後她看了看他的眼睛，發現一滴眼淚也沒有。「如果你變成了一隻豬，」愛麗絲嚴肅的說：「我可就不理你了！」那可憐的小傢伙又抽泣了一聲，然後他們就默默的走了一會兒。

愛麗絲正在想：「我回家後該拿這小生物怎麼辦？」這時，他又猛烈的咕嚕了一聲，愛麗絲馬上警覺的低頭看他的臉。這次絕對錯不了，牠完全就是隻豬！她覺得如果再帶著牠就太可笑了。

於是她把這小生物放下，看著牠快速的跑進樹林，感覺鬆了一大口氣。「如果牠長大的話，」愛麗絲對自己說：「一定會成為可怕的醜孩子，要不就成為漂亮的豬。」然後，她一個個回想她認識的孩子，看看誰如果變成豬會好看一點，她剛想對自己說：「只要有人告訴他們變法……」突然嚇了一跳，看見那隻柴郡貓，正坐在距離不遠的樹枝上。

貓只是對著愛麗絲笑，看起來脾氣很好。不過愛麗絲想到，牠還是有著長爪子和滿嘴牙齒，因此還是應該對牠表現得尊敬些。

「柴郡貓，」她膽怯的叫了一聲，因為她不確定牠喜不喜歡這個名字，可是，牠的嘴笑得更大了。「哦，牠很高興。」愛麗絲想，於是她接著說：「請你告訴我，離開這裡應該走哪條路？」

「這要看你想去哪兒。」貓說。

「去哪裡我倒不太在乎。」愛麗絲說。

「那你走哪條路都沒關係。」貓說。

「只要能走到一個地方。」愛麗絲又補充了一句。

「哦，那怎樣都行。」貓說：「只要你能走得夠遠。」

愛麗絲覺得這話沒什麼不對，所以她試著提出另外一個問題：「這附近住了些什麼人？」

「這個方向，」貓說著，把右爪子揮了一圈，「住著個帽匠；那個方向，」

貓揮動另一個爪子，「住著一隻三月兔。你喜歡拜訪誰就拜訪誰，他們倆都是瘋子。」（在英國的諺語中，有「瘋得像個帽匠」和「瘋得像三月野兔」的說法。）

「我可不想跟瘋子打交道。」愛麗絲回答。

「這就沒辦法了。」貓說：「我們這裡都是瘋子。我是瘋子，你也是瘋子。」

「你怎麼知道我是瘋子？」愛麗絲問。

「一定是的，」貓說：「不然你就不會到這裡來了。」

愛麗絲認為這根本說不通，但她還是接著問：「你又怎麼知道你是瘋子呢？」

「我們這麼說吧！」貓說：「狗不是瘋子，你同意嗎？」

「也許是吧！」愛麗絲說。

「好，那麼，」貓接著說：「你知道，狗生氣時就叫，高興時就搖尾巴，可是我，卻是高興時就叫，生氣時就搖尾巴。所以，我是瘋子。」

「我會說你是打呼嚕，不是叫。」愛麗絲說。

「你怎麼說都行，」貓說：「你今天會和王后玩槌球嗎？」

「我很想，」愛麗絲說：「可是到現在為止還沒有人邀請我。」

「你會在那裡見到我！」貓說著，突然消失了。

愛麗絲對這並不太驚奇，她已經習慣這些不斷發生的怪事了。她看著貓坐過的地方，這時，貓又突然出現了。

「順便問一聲，那個嬰兒變成什麼了？」貓說：「我差一點忘了。」

「變成一隻豬了。」愛麗絲平靜的回答，好像貓再次出現是正常的。

「我就猜想牠會變那樣。」貓說著，又消失了。

愛麗絲等了一會，希望能再看見貓，可是牠沒有再出現。於是，她朝著三月兔住的方向走去。「帽匠那兒，我也要去的。」她對自己說：「三月兔一定非常有趣，現在是五月，也許牠不至於太瘋，至少不會比三月時瘋吧！」就在她說這些話時，一抬頭又看見那隻貓，坐在一根樹枝上。

「你剛才說的是豬，還是竹？」貓問。

「我說的是豬，」愛麗絲回答：「我希望你的出現和消失不要太突然，這樣把人搞得頭都暈了。」

「好！」貓答應了。這次牠消失得非常慢，從尾巴末端開始消失，一直到最後看不見牠的笑臉，那個笑臉在身體消失後還停留了好一會兒。

「哎喲，我常常看見沒有笑臉的貓，」愛麗絲想：「可還從沒見過沒有貓的笑臉呢！這是我見過最奇怪的事了。」

她沒走多遠，就看見一間房子，她想這一定就是三月兔的房子，因為房子的煙囪像長耳朵，屋頂鋪著兔子毛。房子很大，讓她不敢走近。她咬了口左手的蘑菇，使自己長到二英尺高，才膽怯的走過去，邊走還邊對自己說：「要是牠瘋得厲害怎麼辦？剛剛應該去找帽匠的！」

第七章　瘋狂茶會

屋子前有一棵大樹，樹下放著一張桌子，三月兔和帽匠坐在桌旁喝著茶，一隻睡鼠在桌上酣睡。桌子很大，但是他們三個卻都擠在桌子的一角。一看見愛麗絲走過來，他們就開始大聲嚷起來：「沒有地方坐啦！沒有地方坐啦！」

「地方多得很呢！」愛麗絲說著，就在桌子另一邊的椅子坐下。

「喝點酒吧！」三月兔熱情的說。

愛麗絲掃視了一下桌上，除了茶什麼也沒有。「我沒看見酒啊！」她回答。

「本來就沒酒嘛！」三月兔說。

「那你說什麼喝酒就不太有禮貌了。」愛麗絲氣憤的說。

「你沒受到邀請就坐下來，也不太有禮貌。」三月兔回敬她。

「我不知道這是你的桌子，」愛麗絲說：「這裡坐得下不止三個人呢！」

JUNE
04

「你的頭髮該剪了。」帽匠一直好奇的看著愛麗絲，這是他第一次開口。

「你應該學會不亂批評別人，」愛麗絲板著臉說：「這是非常失禮的。」

帽匠睜大眼睛聽著，卻說了句：「一隻烏鴉為什麼會像一張寫字桌呢？」

愛麗絲心想：「好喔，現在有好玩的事做了！」。

「我很喜歡猜謎，我一定能猜出來。」她大聲說。

「你的意思是你能找出答案嗎？」三月兔問。

「正是如此。」愛麗絲說。

「那你怎麼想就怎麼說嘛！」三月兔繼續說。

「我是啊！」愛麗絲急忙回答：「至少……至少我說的就是我想的！」

「根本不一樣。」帽匠說：「你乾脆說『我吃我看到的』和『我看到我吃的』也一樣好了？」

三月兔加了一句：「『我喜歡我得到的』和『我得到我喜歡的』也一樣囉？」

睡鼠也加了一句，像在說夢話：「那麼說『我睡覺時總在呼吸』和『我呼吸時總在睡覺』也是一樣的嗎？」

「這對你倒真是一個樣。」帽匠對睡鼠說。話題談到這裡暫告中斷，大家沉默了一會兒。這時候，愛麗絲努力思考著烏鴉和寫字桌的謎題，可是她真的想不出答案。

帽匠率先打破沉默：「今天是這個月幾號？」他一面問愛麗絲，一面從衣袋裡掏出懷錶，不安的看著，還不停的搖晃，又拿到耳邊聽聽。

愛麗絲想了想，回答：「四號。」

「錯了兩天！」帽匠歎氣說。

「我告訴你不該加奶油的。」他生氣的看著三月兔，加了一句。

「這是最好的奶油！」三月兔辯白的說。

「沒錯，可是不少麵包屑也掉進去了，」帽匠發牢騷說：「你不應該用麵包刀加奶油。」

三月兔洩氣的拿起懷錶看看，再放到茶杯裡泡了一會兒，又拿起來看看，但是除了剛才說的「這是最好的奶油！」之外，他想不到別的話了。

愛麗絲好奇的從牠肩膀上看過去。「多麼奇怪的懷錶啊！」她說：「它告訴你幾月幾日，卻不會報時。」

「為什麼要報時？」帽匠嘀咕著：「你的錶會告訴你現在是哪一年嗎？」

「當然不會，」愛麗絲脫口就回答：「因為一年要很久才會過去。」

「我的也是。」帽匠說。

愛麗絲被弄得莫名其妙，帽匠的話聽起來沒有任何邏輯。

「我不大懂你的話。」她盡量禮貌的說。

「睡鼠又睡著了。」帽匠說，還在睡鼠的鼻子上倒了一點熱茶。

睡鼠不耐煩的晃了晃頭，閉著眼說：「對啊！對啊！我也正要這麼說。」

「你猜出那個謎題了嗎？」帽匠又轉向愛麗絲問道。

「沒有，我猜不出來。」愛麗絲回答：「答案究竟是什麼呢？」

「我也不知道。」帽匠說。

「我也是。」三月兔說。

愛麗絲輕輕歎了一口氣，說：「我認為你應該珍惜時間。而不是像這樣出個沒有答案的謎題，白白浪費時間。」

「如果你也像我一樣認識時間的話，」帽匠說：「你就不會叫他『時間』，而會稱他為『好朋友』了。」

「我不懂你的意思。」愛麗絲說。

「你當然不懂，」帽匠得意的說：「我敢說，你從沒和時間說過話。」

「也許沒有，」愛麗絲謹慎的回答：「但是我在學音樂的時候，總是按著時間打拍子。」

「唉，這就完了！」帽匠說：「他最不喜歡人家『按著』時間了。如果你和他當好朋友，他會讓時鐘乖乖聽你的話，譬如說，現在是早上九點鐘，是上學的時間，你只要偷偷對時間說一聲，鐘錶就會『唰』一下轉到一點半，該吃午飯了！」

「我真希望這樣。」三月兔小聲對自己說道。

「那太棒了！」愛麗絲思索著說：「可是我那個時候大概還不餓。」

「一開始可能不餓，」帽匠說：「但是只要你喜歡，你要一點半保持多久都可以。」

「你是這麼做的嗎？」愛麗絲問。

帽匠傷心的搖搖頭。「我可不行了，」他回答：「我們三月吵了一架，是在紅心王后舉辦的一次大型音樂會上，我演唱了：

『一閃一閃小蝙蝠，

到底為何而忙碌！』

你應該知道這首歌吧？」

「我聽過另一首和它有點像。」愛麗絲說。

「接下去你知道嘛，」帽匠繼續說：「是這樣唱的：

『高高漫天在飛翔，
好像茶盤在天上。
一閃，一閃……』」

睡鼠晃動身體，在睡夢中開始唱道：「一閃，一閃，一閃，一閃……」一直唱一直唱，直到他們捏了牠一下才停止。

「我還沒唱完第一段，」帽匠說：「王后就跳起來大喊，『他簡直是在糟蹋時間，砍掉他的頭！』」

「多麼殘忍呀！」愛麗絲嚷道。

帽匠傷心的繼續往下說：「從那以後，我說什麼他都不肯了，就一直停在六點鐘。」

愛麗絲裡突然靈機乍現，她問：「所以這裡才有這麼多茶具嗎？」

「是的，就是這個原因。」帽匠歎了口氣說：「一直是喝茶的時間，連要洗茶具的須臾片刻也沒有了。」

「所以你們才會一直挪位子，對吧？」愛麗絲問。

「就是這樣。」帽匠說：「茶具用髒了，我們就往下個位子挪。」

「可是你們繞回來第一個位子以後要怎麼辦？」愛麗絲繼續問。

「我們換一個話題吧！」三月兔打著哈欠打斷他們的談話：「我聽煩了，我建議讓小姑娘講個故事吧！」

「我恐怕沒有故事可以講。」愛麗絲說。她對這個建議有點心慌。

「那麼睡鼠應該講一個！」三月兔和帽匠一齊喊道：「醒醒，睡鼠！」他們同時捅了捅牠。

睡鼠慢慢睜開眼，嘶啞著聲音，有氣無力的說：「我沒有睡著，你們說的每一個字我都聽到了！」

「給我們講個故事吧！」三月兔說。

「就是啊！請快講一個吧！」愛麗絲懇求著。

「而且要講快點，要不然還沒講完，你又睡著了。」帽匠加了一句。

睡鼠急急忙忙開始講：「從前有三個小姐妹，她們的名字是：愛絲、麗絲、愛麗，她們住在一個井底下……」

「她們靠吃什麼過活呢？」愛麗絲總是最關心吃喝的問題。

「她們靠吃糖漿過活。」睡鼠想了一會兒說。

「你知道，這樣是不行的，她們都會生病的。」愛麗絲輕聲說。

「所以她們都病了，而且病得很重。」睡鼠說。

愛麗絲努力想像，那種特殊的生活，會是什麼樣子，可是太傷腦筋了。於是，她又繼續問：「她們為什麼要住在井底下呢？」

「再多喝一點茶吧！」三月兔認真的對愛麗絲說。

「我什麼都還沒喝，不可能『再多喝一點』！」愛麗絲不高興的回答。

「你應該說，不能再『少』喝點了。」帽匠說：「和『沒』喝相比，再『多』喝一點太容易了。」

「沒人問你！」愛麗絲說。

「現在是誰失禮了？」帽匠得意的問。

這回愛麗絲不知該說什麼，只好自己倒了點茶，拿了點奶油麵包，再向睡鼠重複她的問題：「她們為什麼要住在井底下呢？」

睡鼠又想了一會，說：「因為那是一個糖漿井。」

「沒有這樣的井！」愛麗絲認真了。帽匠和三月兔不停的發出「噓！噓！」的聲音，睡鼠生氣的說：「如果你不懂禮貌，那麼你最好自己來把故事講完。」

「不，請你繼續講吧！」愛麗絲低聲下氣的說：「我再也不打岔了，也許有那樣一口井吧！」

「哼，當然有！」睡鼠煞有介事的說。接著牠又往下講：「這三個小姐妹學著打……」

「她們打什麼？」愛麗絲忘記自己的保證，又開始問了。

「糖漿。」睡鼠這次毫不猶豫的回答。

「我想要一隻乾淨的茶杯，」帽匠插嘴說：「我們移動一下位子吧！」

他說完就挪到下一個位子上，睡鼠跟著挪了，三月兔挪到睡鼠的位子上，愛麗絲很不情願的坐到三月兔的位子上。這次挪動唯一得到好處的是帽匠，愛麗絲的位子比以前差多了，因為三月兔把牛奶罐打翻在位子上了。

愛麗絲不願再惹睡鼠生氣，於是她儘量很小心的說：「可是我不懂，她們是怎麼打糖漿的呢？」

「你能夠去水井打水，」帽匠說：「當然也能從糖漿井裡打糖漿！對嗎？傻瓜！」

「但是她們在井裡呀！」愛麗絲對睡鼠說。

「當然她們是在井裡啦！」睡鼠說：「還在很裡面呢！」

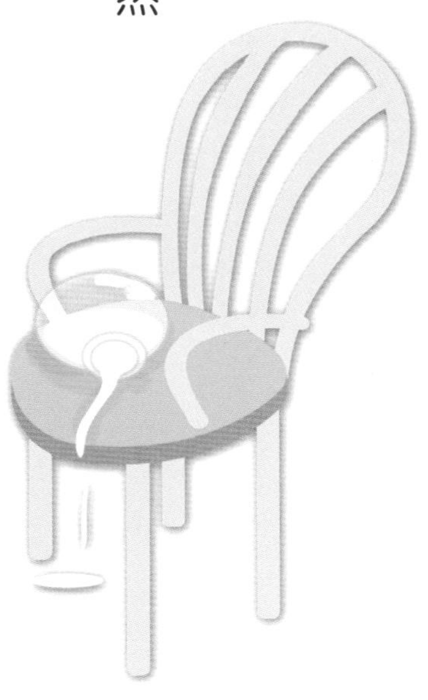

這個回答把愛麗絲難住了，所以她好一陣子都沒打斷睡鼠的話，任由牠一直講下去。

「她們學著打東西，」睡鼠繼續說著，一邊打哈欠，又揉揉眼睛，牠已經非常睏了。「她們打各式各樣的東西，而每件東西都是『麻』字開頭的。」

「為什麼用『麻』字開頭呢？」愛麗絲問。

「為什麼不能呢？」三月兔說。

愛麗絲不說話。這時睡鼠已經閉上眼，打起盹來了，但是被帽匠戳了一下，牠又尖叫著醒過來繼續說道：「用『麻』字開頭的東西，例如麻將，麻藥，還有麻煩。你常說事情『麻煩』，可是你怎麼打『麻煩』呢？」

「你問我嗎？」愛麗絲被難住了，說：「我還沒想……」

「那麼你就不應該說話！」帽匠說。

這句話讓愛麗絲再也無法忍受，她憤憤的站起來，扭頭就走。睡鼠立即陷入熟睡，另外那兩個傢伙一點也不在意愛麗絲的舉動。愛麗絲還回頭看了一、兩次，希望他們能夠挽留她。結果，她看見他們正打算把睡鼠塞進茶壺裡。

「不管怎樣，我再也不回去那裡了。」愛麗絲正在樹林中找路時說：「這是我見過最愚蠢的茶會了。」

就在她暗自嘀咕的時候，突然看到一棵樹上有一個門可以進去。「真奇怪！」她想：「不過今天的每件事都很怪。進去看看吧！」她想著就走了進去。

她發現她再次來到那個長長的大廳裡，而且很靠近那張小玻璃桌子。「這次我得聰明點！」她拿起小金鑰匙，打開花園的門，然後小口小口的咬著蘑菇（她還留了一小塊在口袋裡），直到縮成約一英尺高，走過了那條小通道——她終於進入美麗花園，站在漂亮的花壇和清涼的噴泉中間！

第八章　王后的槌球場

靠近花園門口有一棵大玫瑰樹，開著白色的花朵，三名園丁正忙著把白花染紅。愛麗絲覺得很奇怪，她朝他們走過去，想看個究竟。這時，她聽見其中一個人說：「小心點，老五！別把顏料濺到我身上。」

「不是我不小心，」老五生氣的說：「是老七碰到我的手。」

這時老七抬起頭說：「得啦！老五，你老是把責任推給別人。」

「你最好別再說了，」老五說：「我昨天聽王后說，你犯了錯該被殺頭！」

「為什麼？」第一個開口的人問。

「這與你無關，老二！」老七說。

「不，與他有關！」老五說：「我來告訴他——那是因為你沒拿洋蔥，而是拿了鬱金香根去給廚師的緣故！」

老七扔掉手上的刷子說：「哦，說起不公平的事……」就在這時，他突然看到站在一旁正好奇看著他們的愛麗絲，便立刻閉嘴不說了，另外那兩個也回過頭來看到愛麗絲，然後三人都深深的鞠了一躬。

「請你們告訴我，」愛麗絲膽怯的說：「為什麼要把白玫瑰花染紅呢？」

老五和老七都默不作聲的望著老二，老二低聲說：「哦，小姐，你看，這裡本應該種紅玫瑰的，但我們弄錯了，結果種了白玫瑰。如果王后發現，我們全都得被殺頭。小姐，你看，我們正在盡最大努力，要在王后駕臨前，把……」話還沒說完，在焦慮張望的老五突然喊道：「**王后！王后！**」三個園丁立刻臉朝地趴了下去。這時傳來許多腳步聲，愛麗絲好奇的張望著，想看看王后。

首先，來了十個手持大棒的士兵，他們的模樣和三個園丁一樣，身體扁平像一張撲克牌，手和腳全長在撲克牌的四個角上。接著來了十名侍臣，全身裝飾著鑽石，也像那些士兵一樣，兩個兩個並排走。侍臣的後面是十個王室的王子和公主，這些可愛的小傢伙，一對對手拉著手蹦蹦跳跳的過來，他們全身裝飾著紅心。

（小孩的紅心、侍臣的鑽石、士兵的大棒，是紙牌中的三種花色。即：紅桃、方塊、梅花，英文原為 heart、diamond、club。）再後面就是賓客了，大多數的賓客也是國王和王后。在那些賓客中，愛麗絲認出了那隻白兔，牠正慌張的說著話，對別人說的話全點頭微笑，牠從愛麗絲面前走過，卻沒有注意到她。接著，是個紅心騎士，雙手托著放在紫紅色墊子上的王冠。這龐大的隊伍之後，才是紅心國王和王后。

愛麗絲不知道該不該像那三名園丁那樣，臉朝地趴下，她根本不記得王室行列經過時，還有這麼一個規矩。「人們都臉朝地趴著，誰來看呢？這樣，這個儀仗還有什麼用呢？」她這樣想著，在國王和王后走近時，仍站得筆直。

隊伍經過愛麗絲面前時，全都停下來注視著她。王后嚴厲的問紅心騎士：「這是誰？」紅心騎士只是用鞠躬和微笑作為回答。

「笨蛋！」王后不耐煩的搖搖頭，然後轉向愛麗絲問道：「你叫什麼名字，小孩兒？」

「我叫愛麗絲，陛下。」愛麗絲很有禮貌的說；可是，又跟自己嘀咕了一句：「哼！說來說去，他們只不過是一副紙牌，用不著怕他們！」

「他們是誰？」王后指著三個園丁問。那三個園丁圍著一株玫瑰趴著，背上的圖案和別的紙牌一模一樣，看不出這三個是園丁，還是士兵、侍臣，或是她自己的三個孩子。

「我怎麼知道呢？這不甘我的事！」愛麗絲回答，連她自己都對自己的勇氣感到驚奇。

王后氣的臉都漲紅了，兩隻眼睛像野獸一樣瞪著愛麗絲一會兒，然後尖聲叫道：「砍掉她的頭！砍掉……」

「胡說！」愛麗絲乾脆大喊。然後王后住嘴了。

國王用手搭著王后的手臂，小聲的說：「冷靜點，親愛的，她只是個孩子！」

王后生氣的從國王身邊轉身走開，並對紅心騎士說：「把他們翻過來。」

紅心騎士用腳小心的把三個園丁翻過身來。

「起來！」王后尖聲叫道。那三個園丁趕緊爬起來，開始向國王、王后、王室的孩子們、以及每個人一一鞠躬。

「停下來！」王后咆哮著：「把我的頭都弄暈了！」她轉向那株玫瑰繼續問：「你們在幹什麼？」

「陛下，願您開恩，」老二低聲下氣的跪下一條腿說：「我們正想……」

「我明白了！」王后察看玫瑰後說：「砍掉他們的頭！」

隊伍繼續前進，留下三個士兵來處死這三個不幸的園丁。三個園丁急忙跑向愛麗絲，想得到她的保護。

「你們不會被砍頭的！」愛麗絲說著，並將他們藏到旁邊的一個大花盆後面。那三個士兵到處尋找，幾分鐘後還沒找到，只好悄悄的大步跟上隊伍。

「把他們的頭砍掉了沒有？」王后怒吼道。

「他們的頭都不見了，陛下！」士兵大聲回答。

「好極了！」王后說：「你會玩槌球嗎？」

士兵們都看著愛麗絲，這個問題顯然是問愛麗絲的。

「會！」愛麗絲大聲回答。

「那就走吧！」王后喊道。於是愛麗絲加入了隊伍，心裡惴惴不安，不知道

以後會發生什麼事情呢？

「今天……今天真是一個好天氣啊！」愛麗絲身旁一個膽怯的聲音說。原來愛麗絲恰巧走在白兔的旁邊，白兔正焦急的偷看著她的臉色。

「是個好天氣。」愛麗絲說：「公爵夫人在哪裡呢？」

「噓！噓！」兔子急忙低聲制止她，同時還擔心的轉過頭看看王后，然後踮起腳尖把嘴湊到愛麗絲耳畔，悄悄的說：「她被判處了死刑。」

「為什麼？」愛麗絲問。

「你是說真可憐嗎？」兔子問。

「不，不是，」愛麗絲問：「我沒想可憐不可憐的問題，我是說為什麼？」

「她打了王后耳光……」兔子說。愛麗絲笑了出來。「噓！」兔子害怕的低聲說：「王后會聽到的！你知道，公爵夫人來晚了，王后說……」

「各就各位！」王后雷鳴般的喊了一聲，人們朝四面八方跑開，撞來撞去的，幾分鐘後總算都全部就定位。於是，遊戲開始了。

愛麗絲從沒見過這麼奇怪的槌球遊戲：球場到處凹凸不平，槌球是活刺蝟，槌球棒是活紅鶴，士兵們手腳撐地充當球門。

起初，愛麗絲簡直拿紅鶴沒辦法，後來總算成功把紅鶴的身子好好的夾在手臂底下，讓紅鶴的腿垂在下面。可是，當她好不容易把紅鶴的脖子弄直，準備用牠的頭去打那隻刺蝟時，紅鶴卻把脖子扭上來，用奇怪的表情看著愛麗絲，惹得愛麗絲大聲笑了起來。她只得把牠的頭按下去，當她再一次準備打球的時候，卻惱火的發現刺蝟已經展開身子要爬走了。此外，把刺蝟球打過去的路上總有一些土坎或小溝，拱腰充當球門的士兵，又常常站起來，走到球場的其他地方去。愛麗絲不久就得出結論：**這確實是一場很難玩的遊戲**。

參加遊戲的人沒等輪到自己，就同時打起球來，還不時為了刺蝟爭吵和打架。不一會兒，王后就大發雷霆，跺著腳走來走去，大約一分鐘叫喊一次：「砍掉他的頭！」或者：「砍掉她的頭！」

愛麗絲感到非常不安，現在她還沒有和王后發生爭吵，可是這是隨時都可能發生的呀！「如果吵架的話，」她想：「我會怎麼樣呢？這兒的人太喜歡砍頭了！可是說也奇怪，現在居然還有人活著。」

愛麗絲開始尋找逃走的路線，她想偷偷離開。這時，她注意到半空中出現一個怪東西，起初她覺得很奇怪，看了一、兩分鐘，她認出那是一個笑容後，對自己說：「那是柴郡貓，現在我可有人說話了。」

「你好嗎？」柴郡貓一出現能說話的嘴就問。

愛麗絲等到牠的眼睛也出現了，才點點頭。「現在跟牠說話沒用，」她想：「應該等牠的兩隻耳朵也顯露出來，至少等出現了一隻，再說話。」過了一、兩分鐘，等貓整個頭出現了，愛麗絲才放下紅鶴，跟牠講打槌球的情況。她非常高興有人聽她說話。柴郡貓似乎認為出現的部分已經夠了，沒有再繼續顯露出身體。

「他們不照規矩玩，」愛麗絲抱怨的說：「他們吵得太兇，連自己說話都聽不清楚了。而且他們好像沒有一定的規則，就算有，也沒人遵守。還有，你簡直無法想像，所有的東西都是活的。真麻煩！譬如說，明明是要把球打進球門，眼看我打的刺蝟球就要碰上王后的刺蝟球，球門見到球來竟然跑掉啦！」

「你喜歡王后嗎？」貓輕聲說。

「一點都不喜歡，」愛麗絲說：「她非常……」正說到這裡，她突然發覺王后就在她身後聽著。於是她馬上改口說：「非常會玩槌球，別人簡直沒必要再和她比下去了。」然後王后微笑著走開了。

「你在跟誰說話？」國王走來問愛麗絲，還一臉奇怪的看著那個貓頭。

「請容我介紹，這是我的朋友——柴郡貓。」愛麗絲說。

「我不喜歡牠的模樣，但如果牠想，我允許牠吻我的手。」國王說。

「我不願意。」貓回答。

「不得無禮！」國王說：「也別這樣看著我！」他邊說邊躲到愛麗絲身後。

「『貓也可以見國王』，我在一本書上看過這句話，不過不記得是哪本書了。」愛麗絲說。

「喂，把這隻貓弄走！」國王堅決的說，然後看見王后正朝他們走過來，就向她喊道：「親愛的，我希望你來把這隻貓弄走。」

王后解決各種困難的辦法只有一種：「砍掉牠的頭！」她看也不看的說。

「我親自去找劊子手。」國王殷勤的說著，就急急忙忙走了。

愛麗絲聽到王后在遠處尖聲吼叫，想起該去看看遊戲進行得怎樣了。愛麗絲已經聽到王后又宣判了三個人死刑，原因是輪到他們打球，他們卻沒有打。愛麗絲很不喜歡這個場面，整個遊戲亂糟糟的，弄得她根本不知道什麼時候輪到自己，因此她就離開去找她的刺蝟了。

她的刺蝟正在和另一隻刺蝟打架，愛麗絲認為這是個好機會，可是她的紅鶴已經跑了，愛麗絲看見牠在花園那邊，正試圖向樹上飛，卻飛不起來。

等她捉住紅鶴回來，打架的兩隻刺蝟已經跑得無影無蹤。愛麗絲想：「沒關係，反正這裡的球門都跑光了。」為了不讓紅鶴再逃跑，愛麗絲把牠夾在手臂下，又跑回去找她的朋友，想再多談一會兒。

愛麗絲走回柴郡貓那裡時，驚訝的看到一大群人圍著牠，劊子手、國王、王后吵成一團，而旁邊的人都不發一語，看上去十分不安。

愛麗絲一到，三個人立即請她評理，他們爭先恐後的向她複述自己的理由，愛麗絲很難聽清楚他們說的是什麼。

劊子手的理由是：砍頭總得有身體，才能從身體上砍下頭來，光有一個頭是沒法砍掉的。他說，他從來沒做過這種事，這輩子也不打算破例。

國王的理由是：只要有頭就能砍，少說廢話。

王后的理由是：誰不立即執行她的命令，她就要把每個人的頭都砍掉，周圍所有人的頭都要掉腦袋。（正是她最後這句話，讓這些人都嚇得要命。）

愛麗絲想不出什麼好辦法，只好說：「這隻貓是公爵夫人的，你們最好去問她。」

「她在監獄裡，」王后對劊子手說：「把她帶來！」劊子手立刻像離弦的箭似的跑去了。

就在劊子手跑開的一剎那，貓頭開始消失，等劊子手帶著公爵夫人來到時，貓頭已經完全不見了。國王和劊子手就發瘋似的，跑來跑去到處找，而其他人又回去玩槌球了。

第九章　假海龜的故事

「你不知道，能再見到你，我是多麼高興啊！親愛的老朋友！」公爵夫人說著，很親切的挽著愛麗絲的手臂一起走。愛麗絲對公爵夫人有這樣好的脾氣，感到非常高興。她想起先前，在廚房裡見到公爵夫人時她那麼兇，大概是因為胡椒的緣故吧。

愛麗絲用一種不是很有把握的語氣對自己說：「要是我當了公爵夫人，我的廚房裡連一點兒胡椒都不要，沒有胡椒，湯也可以做得非常好喝。也許就是胡椒弄得人們脾氣暴躁。」她對自己的這個新發現感到非常高興，就繼續說：「是醋弄得人們酸溜溜的，黃菊把人們弄得那麼苦澀，還有麥芽糖之類的東西把孩子的脾氣變得那麼甜。我希望人們懂得這些，那麼他們就不會這麼吝嗇了。你知道……」

愛麗絲想得出神，完全忘了公爵夫人，當公爵夫人在她耳邊說話時，她吃了一驚。「親愛的，你在想什麼？竟忘了回話！我現在沒法告訴你，這會給你招來什麼教訓，不過我馬上就會想出來的。」

「或許根本沒什麼教訓。」愛麗絲鼓足勇氣說。

「得了！得了！小孩子。」公爵夫人說：「每件事情都會有一個教訓，只要你能夠找出來。」她一面說著，一面緊貼著愛麗絲。

愛麗絲很不喜歡她挨得那麼近，首先，公爵夫人十分難看；其次，她的高度正好把尖下巴頂在愛麗絲的肩膀上很不舒服。然而愛麗絲不願意自己顯得沒禮貌，只能儘量忍受著。

「現在遊戲進行得很好。」愛麗絲沒話找話的說。

「是的，」公爵夫人說：「這件事的教訓是……『啊，愛，愛是推動世界的動力！』」

愛麗絲小聲說：「有人說，『如果每個人都管好自己的事，地球會轉得更快一些。』」

「哦，它們的意思是一樣的，」公爵夫人說著，使勁把尖下巴往愛麗絲的肩上壓了壓：「這個教訓是：『不在大聲，只在有理。』」

「她真是喜歡在事情中尋找教訓啊！」愛麗絲想。

「我敢說，你一定在奇怪，我為什麼不擁抱你一下。」沉靜一會兒後，公爵夫人說：「那是因為我害怕你的紅鶴。我能試試看嗎？」

「牠會咬人。」愛麗絲小心的回答，因為她一點兒也不想被公爵夫人擁抱。

「對，」公爵夫人說：「紅鶴和芥末都會咬人，這個教訓是：『羽毛相同的鳥總是聚在一起——物以類聚。』」（英文原文：Birds of a feather flock together.）

「可是芥末不是鳥啊！」愛麗絲說。

「你又說對了，你分得很清楚！」公爵夫人說。

「我想它是礦物吧？」愛麗絲說。

「當然是啦！」公爵夫人似乎打算同意愛麗絲說的每句話，「這附近有個大芥末礦，這個教訓是：『我得的越多，你得的就越少。』」

「哦，我知道了！」愛麗絲沒注意她最後的結語，大聲叫道：「它是一種植物，雖然看起來不像，不過就是植物。」

「我十分同意你說的。」公爵夫人說：「這裡面的教訓是：你認為是什麼就是什麼；或者，你可以把話說得簡單些：『永遠不要以為別人不知道你不想讓別人知道你是那個樣子，不管你想讓別人以為你不是那個樣子，或者你不想讓別人以為你是那個樣子，別人都知道你的樣子不是那個樣子。』」

「要是我把您的話記下來，我想我也許會更明白一點，」愛麗絲很有禮貌的說：「現在我一下子理解不了這麼多。」

「這沒什麼，要是我願意，我還能說得更長呢！」公爵夫人愉快的說。

「哦，請不必麻煩了。」愛麗絲說道。

「說不上麻煩，」公爵夫人說：「我剛才說的每句話，都是送給你的禮物。」

「這樣的禮物可真便宜，」愛麗絲想：「幸好大家不是這麼送生日禮物的。」

「又在想什麼呢？」公爵夫人問道，她小小的尖下巴又戳了一下。

「我有想的權利。」愛麗絲尖銳的回答道，因為她有點不耐煩了。

「是的，」公爵夫人說：「正像小豬有飛的權利一樣。這裡的教……」

愛麗絲詫異的是，公爵夫人的聲音突然消失了，甚至連她最愛說的「教訓」也沒說完，挽著愛麗絲的那隻手臂也顫抖著。愛麗絲抬起頭，發現王后正站在她們面前，雙臂交叉，臉色陰沉得像大雷雨前的天色。

「天氣真好啊！陛下。」公爵夫人用低而微弱的聲音說。

「現在我警告你！」王后跺著腳嚷道：「不是你滾開，就是人頭落地，立刻決定！」公爵夫人作出她的選擇，立刻就走掉了。

「我們回去玩槌球吧！」王后對愛麗絲說。愛麗絲嚇得不敢作聲，只好慢慢的跟著她回到槌球場。其他客人趁王后不在，全跑到樹蔭下乘涼去了，一看到王后，又立刻跳出來玩槌球。王后說，誰要是動作慢了，就得付出生命的代價。

整場槌球遊戲進行中，王后不斷和別人吵嘴，嚷著「砍掉他的頭」或「砍掉她的頭」。被宣判的人，立刻就被士兵帶去關起來。這樣一來，執行命令的士兵就不能再回來充當球門了。約莫過了半個小時後，球場上已經沒有任何的球門。除了國王、王后和愛麗絲，所有參加槌球遊戲的人，都被宣判死刑，關起來了。

於是，累得直喘氣的王后停了下來，對愛麗絲說：「你還沒去看假海龜吧？」

「沒有。」愛麗絲說：「我還不知道假海龜是什麼東西呢！」

「不是有假海龜湯嗎？」王后說：「那麼當然有假海龜了。」（英國菜中有道假海龜湯，是用其他動物的肉仿製成加勒比海的鱉，用牛頭熬成的湯。）

「我從來沒見過，也從來沒聽說過。」愛麗絲說。

「那麼我們走吧！」王后說：「牠會跟你說牠的故事。」

當她們一起離開的時候，愛麗絲聽到國王小聲的對客人們說：「你們都被赦免了。」愛麗絲想，這倒是件好事。王后要砍那麼多人的頭，令她十分難過。

她們很快就遇見了鷹頭獅，牠正在太陽下睡覺。（「鷹頭獅」是希臘神話裡長著鷹頭、獅子身體的怪物。）

「快起來，懶傢伙！」王后說道：「帶這位小姑娘去看假海龜，聽牠說牠的故事。我還得回去監督死刑的執行。」說完她就走了，把愛麗絲留在鷹頭獅那兒。愛麗絲不大喜歡這個動物的模樣，但她覺得與其和那個野蠻的王后在一起，還不如跟牠在一起還安全些，所以她就留下來耐心等候著。

鷹頭獅坐起來揉揉眼睛，瞧著王后，直到她走得不見身影，才笑了出來。

「你笑什麼？」愛麗絲問。

「她呀！」鷹頭獅說：「那全是她的想像。你知道，他們從來沒有砍掉過別人的頭。我們走吧！」

愛麗絲跟在後面走，心想：「這裡誰都對我說『走吧！』，我可從來沒有被人這麼使喚過，從來沒有！」

他們沒走多遠，就遠遠望見那隻假海龜，孤獨而悲傷的坐在一塊岩石邊緣。再走近一點，愛麗絲聽見牠的歎息，好像牠的心都要碎了。不由得打從心裡同情起牠來。「牠有什麼傷心事呢？」她這樣問鷹頭獅。

鷹頭獅還是用和剛才差不多的話回答：「那全是牠的想像，你知道，牠根本沒有什麼傷心事。走吧！」

他們走近假海龜，牠用飽含眼淚的大眼睛望著他們，卻一句話也不說。

「這位小姑娘想聽聽你的經歷。」鷹頭獅對牠說：「她真的很想聽。」

「我很願意告訴她。」假海龜用深沉而空洞的聲音說：「你們都坐下，在我講的時候別出聲。」

於是他們坐了下來，有一段時間誰都沒說話。愛麗絲想：「要是牠不開始說，要怎麼才能結束呢？」但是她仍然耐心的等待著。

後來，假海龜終於開口了，牠深深歎息了一聲，說：「從前，我曾經是一隻真正的海龜。」在這句話之後，又是一陣很長的沉默，只有鷹頭獅偶爾叫一聲：「啊，哈！」以及假海龜不斷沉重的抽泣。愛麗絲幾乎要站起來說：「謝謝你，先生，謝謝你有趣的故事。」但是，她覺得應該還有下文，所以她仍然靜靜的坐著，什麼話也沒說。

後來，假海龜終於又開口了。牠已經平靜許多，只不過仍不時的抽泣一聲。牠說：「小的時候，我們都得去海裡的學校上學。我們的老師是一隻老海龜，我們都叫牠『海獅』。」

「既然牠不是『海獅』，為什麼要這樣叫牠呢？」愛麗絲問。

「我們叫牠『海獅』是因為牠是我們『海裡的老師』呀！」假海龜生氣的說：「你真笨！」

「這麼簡單的問題都要問，你真好意思。」鷹頭獅說。於是牠們倆就坐在那裡靜靜的看著可憐的愛麗絲，看得她真想鑽到地底下去。最後，鷹頭獅對假海龜說：「別介意，老弟，繼續講下去吧！」

「是的，我們到海裡的學校去，雖然說來你不相信……」

「我沒說我不相信。」愛麗絲插嘴說。

「你說了！」假海龜說。

愛麗絲還沒來得及答話，鷹頭獅就大喝了一聲：「住口！」然後假海龜又繼續講下去：「我們受的是最好的教育，事實上，我們每天都到學校去。」

「我也是每天都上學，」愛麗絲說：「這沒什麼可得意的。」

「你們也有副修課嗎？」假海龜有點不安的問道。

「當然啦，」愛麗絲說：「我們學法文和音樂。」

「有洗衣課嗎？」假海龜問。

「當然沒有。」愛麗絲生氣的說。

「那就算不上真正的好學校。」假海龜自信的說，感覺鬆了口氣。「我們學校課程表的最後一項就是副修課：法文、音樂、洗衣。」

「既然你們住在海底，就不太需要洗衣服。」愛麗絲說。

「我不用學它，」假海龜歎了一口氣，說：「我只學正課。」

「正課是什麼呢？」愛麗絲問道。

「開始當然先學『獨』和『瀉』，」假海龜回答說：「然後我們就學四則運算：假法、剪法、醜法、廚法。」（假海龜的英語很糟糕，牠想說的其實是先學「讀」和「寫」，學四則運算是「加法、減法、乘法、除法」。）

「我從來沒聽過什麼『醜法』，」愛麗絲壯著膽子說：「那是什麼？」

鷹頭獅驚訝的舉起爪子說：「你沒聽過『醜法』！那你該知道『美法』吧！」

愛麗絲不太確定的說：「是的，那是……讓什麼……東西……變得好看些。」

「那麼，」鷹頭獅繼續說：「你不知道什麼是『醜法』，真算得上是個傻瓜。」

愛麗絲岔開話題，轉向假海龜問道：「除了這些，你們還學些什麼呢？」

「我們還學『泥史』，」假海龜數著手指頭說：「『泥史』有『古代泥史』和『現代泥史』，還學『地梨』，還學『揮划』。我們的『揮划』老師是一條老鰻魚，一星期來一次，教我們『水踩划』和『游划』。」

（假海龜想說的其實是「歷史、地理、繪畫、水彩畫和油畫」。）

「那又是什麼呢？」愛麗絲問道。

「我沒法示範給你看，我骨頭太僵硬了，而鷹頭獅又沒學過。」假海龜說。

「我沒時間啊！」鷹頭獅說：「不過我去上了古文老師的課，牠是一隻老螃蟹，真的。」

「我從來沒聽過牠的課，」假海龜歎息著說：「牠們說牠教的是『拉釘文』

和『洗臘文』。」（正確的應該是「拉丁文」和「希臘文」。）

「沒錯。」鷹頭獅也歎息了，牠們倆都用爪子掩住臉。

「你們每天上多少課呢？」愛麗絲連忙換了個話題。

假海龜回答：「第一天十小時，第二天九小時，以此類推。」

「真奇怪耶！」愛麗絲叫道。

「所以才會說上『多少課』，」鷹頭獅解釋道：「『多少課』就是指先多後少的意思。」

這對愛麗絲可是件新鮮事，她想了一下才又說：「那第十一天一定放假吧？」

「當然啦！」假海龜說。

「到了第十二天怎麼辦呢？」愛麗絲十分關心的問。

「上課的問題聊夠了。」鷹頭獅用堅決的口氣插嘴說：「給她講點遊戲吧！」

第十章　龍蝦方塊舞

假海龜深深歎了口氣，用一隻爪子抹了抹眼淚，有好一陣子瞧著愛麗絲想說話，可是泣不成聲。「看牠像是嗓子裡卡了根骨頭似的。」鷹頭獅說，於是牠就搖一搖牠，拍一拍牠的背。

終於，假海龜能開口說話了，牠一面流著眼淚，一面說：「你可能沒在海底下住過多久。」

「從來沒住過。」愛麗絲說。

「你也許從來不認識龍蝦吧！」假海龜叫道。

愛麗絲剛想說：「我吃過……」，但立即改口說：「不認識。」

「所以，你完全想不到龍蝦方塊舞有多麼好玩。」假海龜興奮的說。

「是啊，」愛麗絲說：「那是一種什麼舞呢？」

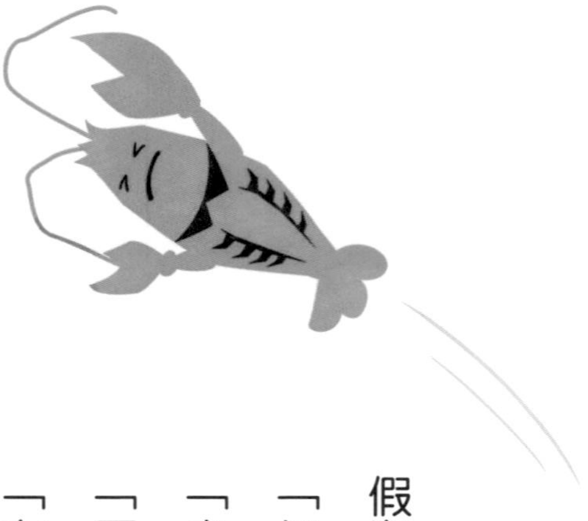

鷹頭獅說：「先在海岸邊站成一排……」

「兩排！」假海龜叫道：「海豹、烏龜和鮭魚都排好隊。然後，把所有的水母都趕走……」

「這通常得花上一些時間呢！」鷹頭獅插嘴說。

「然後，向前進兩步……」假海龜繼續說。

「每隻動物都有一隻龍蝦作舞伴！」鷹頭獅叫道。

「當然啦！」假海龜說道：「向前進兩步，組好舞伴……」

「再交換舞伴，向後退兩步。」鷹頭獅接著說。

假海龜說：「然後你就把龍蝦……」

「扔出去！」鷹頭獅蹦起來嚷道。

「盡你的全力把牠遠遠的扔到海裡去。」假海龜毫不留情的說。

「再游泳去追牠們！」鷹頭獅尖聲叫道。

「在海裡翻一個筋斗！」假海龜叫道，牠發瘋似的跳來跳去。

「再交換龍蝦舞伴！」鷹頭獅用牠最高音的嗓門嚷叫。

「再回到陸地上，這就是第一節舞蹈。」假海龜說，牠的聲音突然低落了下來。於是，剛才像瘋子似的跳來跳去的兩隻動物，又坐了下來，非常安靜而又悲傷的瞧著愛麗絲。

「那一定是很好看的舞。」愛麗絲難為情的說。

「你想看一看嗎？」假海龜問。

「很想看。」愛麗絲說。

「我們來跳跳第一節舞吧！」假海龜對鷹頭獅說道：「你知道，我們沒有龍蝦也行，不過誰來唱歌呢？」

「你唱吧！」鷹頭獅說：「我忘記歌詞了。」

於是他們正經八百的圍著愛麗絲跳起舞來，還一面用前爪拍著拍子。當牠們跳到愛麗絲跟前時，卻一直踩到她的腳。假海龜徐緩而悲傷的唱著：

「你不能走快點嗎？」
鱈魚對蝸牛說。
「有條海豚在我們後面，
牠踩著我的尾巴。
你看龍蝦和烏龜多匆忙，
牠們在沙灘上等著你，
要不要來參加跳舞！
你要，不要，來參加跳舞？
你要，不要，來參加跳舞？
你實在不知道那有多好玩，
牠們把我們又拋又扔，
我們和龍蝦一起，
扔到海那邊。」

「太遠啦！太遠啦！」
蝸牛斜著眼回答。
牠向鱈魚說聲謝謝，
但牠不想參加，
牠不想，不能，牠不想來參加。
牠不想，不能，牠不想來參加。
「扔遠了有什麼關係？」
鱈魚回答蝸牛說。
「你要知道在大海那邊，
還有另一個海岸。
你愈遠離英格蘭，
就更接近法蘭西。
親愛的蝸牛，不要害怕，
儘管來參加跳舞吧！」
你要，不要，來參加跳舞？
你要，不要，來參加跳舞？

「謝謝你，這組舞真好玩，」愛麗絲說，她很高興終於結束了，「我很喜歡這首奇怪的鱈魚之歌。」

假海龜說：「哦，說到鱈魚，牠們……你當然看過牠們啦？」

「是的，」愛麗絲回答：「在飯……」她想說在飯桌上，但是急忙煞住了。

「我不知道『飯』是什麼地方，」假海龜說：「不過，如果你常看見牠們，當然知道牠們的樣子。」

「我想我知道，」愛麗絲思索著說：「牠們把尾巴彎到嘴裡，身上撒滿了麵包屑。」（英國菜中常見鱈魚料理好的樣子）

「麵包屑？你說錯了！」假海龜說：「海水會把麵包屑沖掉的。不過牠們倒真的是把尾巴彎到嘴裡。原因是……」說到這裡，假海龜打了個哈欠，闔上雙眼，「告訴她這是什麼緣故。」牠對鷹頭獅說。

鷹頭獅說：「這是因為牠們和龍蝦一道參加舞會，於是，牠們就從海裡被扔出去；於是，牠們會飛得好遠；於是，牠們就把尾巴塞到嘴裡；於是，牠們就沒法把尾巴弄出來了。就是這樣。」

「謝謝你，」愛麗絲說：「真有意思，我以前不知道鱈魚這麼多的故事。」

「如果你願意，我還可以告訴你更多呢！」鷹頭獅說：「你知道鱈魚為什麼叫鱈魚嗎？」

「我沒想過，」愛麗絲說：「為什麼？」

「牠是擦靴子和鞋子的。」鷹頭獅認真的說。

愛麗絲感到迷惑不解。「擦靴子和鞋子？」她詫異的問。

「是的，你的鞋用什麼擦？」鷹頭獅說：「我的意思是，你用什麼把鞋子擦得那麼亮？」

愛麗絲看著自己的鞋子，想了一會兒說：「我用的是黑鞋油。」

「靴子和鞋子在海裡，要白得發亮，」鷹頭獅接著低聲

說：「你知道，是用鱈魚擦亮的。」

「海裡的鞋子是什麼做的呢？」愛麗絲好奇的問。

「當然是鯿魚和鰻魚啦！」鷹頭獅很不耐煩的回答：「即使小蝦也知道。」

「如果我是鱈魚，」愛麗絲說，腦子裡還想著那首歌：「我會對海豚說『遠一點，我們不要你和我們在一起！』」

「牠們非要海豚不可，」假海龜說：「聰明的魚旅行時都會和海豚一起。」

「真的嗎？」愛麗絲驚奇的說。

「當然了！」假海龜說：「如果有魚兒要外出旅行，來告訴我，我就會說『哪隻海豚』會去？」

「你不是要說『哪個地方』會去？」愛麗絲說。

「我知道我在說什麼！」假海龜生氣的回答。

「讓我們聽聽關於你的故事吧！」鷹頭獅接著說。

「我可以告訴你們我的故事，從今天早晨開始說起，」愛麗絲怯生生的說：

「我們不必從昨天開始，因為在那之後，我已經變成另一個人啦！」

「你解釋一下。」假海龜說。

「不！先講故事，之後再解釋。」鷹頭獅不耐煩的說：「解釋太花時間了。」

於是，愛麗絲開始講起她的故事。她從瞧見那隻白兔講起，在剛開始的時候，她還有點不安，那兩隻動物坐得離她那麼近，一邊一個，眼睛和嘴又張得那麼大。但是她逐漸放大膽子，而她的兩個聽眾也安靜的聽著。直到她講到給毛毛蟲背誦《威廉爸爸你老了》，背出來的內容全不對的時候，假海龜深吸了一口氣，說道：「這非常奇怪。」

「怪得沒法再怪了！」鷹頭獅說。

「這首詩全背錯啦！」假海龜沉思著重複說：「我想再聽她背誦點什麼，讓她開始吧！」牠看看鷹頭獅，好像鷹頭獅對愛麗絲有什麼指揮權似的。

「站起來背《那是懶鬼的聲音》。」鷹頭獅說。

「這些動物老是那麼喜歡命令人，老讓人背書，」愛麗絲心想：「我還不如馬上回學校去呢！」然而，她還是站起來開始背誦。可是她腦子裡還充滿著龍蝦方塊舞的事，完全不知道自己在背些什麼。所以她背出來的內容實在非常奇怪：

「有隻龍蝦在說話，我聽見牠在說：

『你們把我烤得太焦，髮鬚還得加點糖。』

鴨子用牠的眼皮，龍蝦則會用牠的鼻子，

整理自己的腰帶和鈕扣，還把腳趾向外扭轉。

當沙灘乾燥的時候，龍蝦就像雲雀一樣快活。

牠用輕蔑語氣談論鯊魚，

但是當潮水上漲，鯊魚把牠困住，

牠的聲音就變得膽怯而發顫！」

「這和我小時候背的完全不一樣。」鷹頭獅說。

「我以前從來沒聽過，」假海龜說：「可是聽起來盡是些傻話。」

愛麗絲什麼話也沒說，她坐了下來，雙手掩住臉，想著不知道什麼時候自己才會恢復正常。

「我希望她解釋一下。」假海龜說。

「她解釋不了，」鷹頭獅急忙說：「背下一節吧！」

「但是腳趾是怎麼回事？」假海龜堅持說：「牠怎麼能用自己的鼻子扭轉它們呢？」

「那是跳舞的第一個姿勢。」愛麗絲說。可是她被這一切弄得莫名其妙，所以非常希望換一個話題。

「背第二節，」鷹頭獅不耐煩的說：「開頭是『我經過他家的花園』。」

愛麗絲不敢違背，雖然她明知道一切都會弄錯的，仍用發抖的聲音背道：

我經過他家的花園，並且用一隻眼睛看見，
豹子和貓頭鷹，正在分食一塊餡餅。
豹子拿了餅皮，又要了肉汁和肉餡，
剩下一個空盤子，才給貓頭鷹去舔。
豹子吃完大餡餅，湯匙送給貓頭鷹，
牠樂於將這恩惠，帶回家做紀念品。
豹子奪走刀和叉，低吼一聲叫人驚，
結束宴會那道菜，就是……

這時假海龜插嘴說道：「要是你不能一邊背一邊解釋，那麼背這些胡說八道的東西有什麼用？這是我聽到過的最亂七八糟的東西了。」

「你最好停下來！」鷹頭獅說。愛麗絲實在太願意這麼辦了。

「我們再跳一節龍蝦方塊舞好嗎？」鷹頭獅繼續說：「或者，你願意聽假海龜為你唱首歌嗎？」

「啊，請來一首歌吧！要是假海龜願意的話。」愛麗絲說得那麼熱情，鷹頭獅卻不高興的說：「真無趣。老朋友，你就給她唱首『海龜湯』吧！」

假海龜深深歎了口氣，用啜泣的聲音唱道：

「美味湯，豐富又青綠，
盛在碗盤裡，
誰不想嚐一嚐？
今晚的湯，美味湯！
海龜，海龜湯，
美——味湯啊！

誰還在乎魚和遊戲，
或是其他山珍海味？
誰不會拿兩便士，
買一碗美味湯。
海龜，海龜湯，
今晚的海龜湯特別香！」

「再來一遍合唱！」鷹頭獅叫道。

假海龜剛要開口，遠處就傳來一聲：「審訊開始啦！」

「快走！」鷹頭獅叫道，牠拉住愛麗絲的手，也不等那首歌唱完，就急忙跑了。

「什麼審訊呀？」愛麗絲一面跑一面喘著氣問。

但是鷹頭獅只是說：「快走！」然後跑得更快了。微風中送來了越來越微弱、單調的歌詞：「美味湯啊……啊……美味湯……」

第十一章　誰偷走了餡餅

當他們抵達時，紅心國王和紅心王后正坐在王座上，還有一大群各式各樣的小鳥和小動物圍著他們。那個紅心騎士站在他們面前，被鏈條鎖著，身邊有一名士兵看守。國王旁邊站著白兔，一手拿著喇叭，一手拿著一卷羊皮紙。法庭正中央有一張桌子，上面放著一大盤餡餅。餡餅做得十分精美，愛麗絲一看頓時感覺有點餓了。愛麗絲想：「真希望審判能快些結束，然後讓大家吃點心。」不過看起來似乎不太可能。於是，她只好環視周圍的一切來消磨時間。

愛麗絲以前從沒到過法庭，只在書上讀過。讓她高興的是，她發現這裡的一切幾乎都和書對照得上。「那是法官，」她對自己說：「因為他有假髮。」

那位法官就是國王。由於他在假髮上又戴上王冠，看起來很不順眼，而且肯定也不舒服。

J
J

「那是陪審員席。」愛麗絲心想：「那十二隻動物應該是陪審員。」（她不得不把陪審員稱為「動物」，因為牠們有的是獸類，有的是鳥類。）她對自己說了「陪審員」這個詞兩、三遍，為自己能說出這個詞，覺得挺自豪的。因為她想，幾乎沒有一個和她一樣大的女孩，會懂得這麼多事情。

十二位陪審員全都忙著在紙板上寫字。「牠們在做什麼？」愛麗絲低聲對鷹頭獅說：「在審判開始前，牠們應該不會有任何事情要記錄的。」

鷹頭獅低聲回答：「牠們在寫自己的名字，怕在審判結束前忘掉。」

「蠢傢伙！」愛麗絲不屑的高聲說，不過她立刻就不說話了，因為白兔喊著：「**法庭肅靜！**」國王瞪大眼睛，迅速掃視四周，想找出誰在說話。

愛麗絲非常清楚的看到，所有陪審員都趕忙在紙板上寫下了「蠢傢伙」。她甚至還看到，有個陪審員不會寫「蠢」字，還要求鄰座的告訴牠。「審判結束之前，牠們的紙板肯定會寫得一塌糊塗！」愛麗絲想。

有一名陪審員在書寫時，筆尖劃著紙板發出刺耳的聲音。愛麗絲受不了那聲音，於是，她在法庭裡轉了一圈，走到那個陪審員的背後，找了個機會，一把奪走那支鉛筆。她的動作俐落，那個可憐的小陪審員（牠就是壁虎比爾）根本不知道發生了什麼事。牠到處找不到鉛筆，只能用自己的手指書寫。這當然毫無用處，因為手指在紙板上無法留下任何痕跡。

「傳令官，宣讀起訴書。」國王宣布說。

白兔在喇叭上吹了三下，然後攤開那卷羊皮紙，宣讀如下：

「紅心王后做好餡餅，
夏日裡光天化日下，
紅心騎士偷走了餡餅，
帶走全部匆忙離境！」

「請做出你們的裁決。」國王對陪審員說。

「不行，還不行！」兔子趕快插話說：「還有好多程序呢！」

於是，國王說：「傳第一個證人。」白兔在喇叭上吹了三下，喊道：「傳第一個證人！」

第一個證人就是那位帽匠。他進來時，一手拿著一隻茶杯，一手拿著一片奶油麵包。他說：「陛下，請原諒我帶這些東西來，因為我還沒吃完茶點就被傳喚過來了。」

「你應該早點吃完的。你什麼時候開始吃的？」國王問。

帽匠看了看三月兔（三月兔是和睡鼠手挽著手跟著他進來的）說：「我想是三月十四日開始吃的。」

「是十五日。」三月兔說。

「十六日。」睡鼠補充說。

「記下來。」國王對陪審員說，陪審員急忙在紙板上寫下這三個日期，然後把它們加起來，再對半折算成先令和便士。（「先令」和「便士」是英國貨幣單位。）

「摘掉你的帽子！」國王對帽匠說。

「那不是我的。」帽匠說。

「偷的！」國王大叫出聲，他看了看陪審員，陪審員立即記下，以作為事實備忘錄。

「帽子是要賣的，我是個帽匠，沒有一頂帽子屬於我。」帽匠解釋道。

這時，王后戴上眼鏡，拚命盯著帽匠，只見帽匠臉色發白，侷促不安。

「拿出證據。」國王說：「別緊張，否則，我就把你送到刑場處決。」

國王這些話根本不能鼓勵證人，他不斷的把兩腳交替站，不自在的看著王后，而且因為心裡慌亂，竟在茶杯上咬了一大口，而不是去吃奶油麵包。

這時，愛麗絲有一種奇怪的感覺，她迷惑了好一會，慢慢才搞清楚，原來她又在長大了！起初，她想站起來走出法庭，但下一秒她又決定繼續留下來看，只要這裡還有她容身的餘地。

「希望你不要再擠我了，我感覺透不過氣。」坐在愛麗絲旁邊的睡鼠說。

「我沒辦法呀，你看，我在長大呢！」愛麗絲非常溫和的說。

「在這裡你沒有權利長大！」睡鼠說。

「別說廢話了，你自己也在長大呀！」愛麗絲大膽的說。

「是的，但我是正常的長大，不是像你長成誇張的樣子。」睡鼠說著，不高興的站起來，走到法庭另一邊去了。

在愛麗絲和睡鼠說話的時候，王后的眼睛始終盯著帽匠，當睡鼠走到法庭另一邊時，她對一位官員說：「把上次音樂會的歌手名單給我，」聽到這話，可憐的帽匠嚇得渾身發抖，甚至把兩隻鞋子也抖掉了。

「拿出證據，否則我就處決你，不管你緊不緊張！」國王憤怒的重複一遍。

「我只是個可憐人，陛下。」帽匠顫抖著說：「我才剛開始喝茶……沒有超過一星期……再說，為什麼奶油麵包變得這麼薄……一閃一閃的茶……」

「什麼東西是一閃一閃？」國王問。

「我說茶。」帽匠回答。

「『一閃一閃』的詞當然是從『一』開始！你以為我是笨蛋嗎？接著說！」國王尖銳的駁斥道。

「我是個可憐人，」帽匠繼續說：「從那以後，許多的東西都閃了起來……只有三月兔說……」

三月兔趕快插嘴：「我沒說過。」

「你說了。」帽匠說。

「我沒說。」三月兔說。

「牠既然不承認，就說點別的吧！」國王說。

「好吧！無論如何，睡鼠肯定說了。」說到這裡，帽匠不安的看了睡鼠一眼，看牠會不會跳起來否認。然而睡鼠什麼也沒說，牠睡得正香呢！

「從那以後，我切了更多的奶油麵包……」帽匠繼續說。

「但是睡鼠說了什麼？」一位陪審員問。

「這個我記不得了。」帽匠說。

「你必須記得，否則我就處決你。」國王說。

可憐的帽匠放下茶杯、奶油麵包，單膝跪下說：「我只是個可憐人，陛下。」

「你是個可憐的狡辯者。」國王說。

這時，一隻豚鼠突然出聲喝彩，但立即被法庭上的官員制止。其實，這很難說是「制止」。我只能告訴你們牠們是怎麼做的：牠們用一只大帆布袋，把那隻豚鼠的頭塞進去裡面，用繩子紮上袋口，然後坐在袋子上。

愛麗絲心想：「真高興能看到這件事。我常在報章上讀到，審判結束時，『有人鼓掌喝彩，隨即被法庭上的官員制止。』現在我才明白是怎麼回事。」

「如果沒有別的補充，你可以退下了。」國王宣布說。

「我已經沒法再退，我已經跪在地板了。」帽匠說。

「那麼你可以坐下了。」國王說。

這時，又一隻豚鼠鼓掌喝彩，又被制止。

愛麗絲心想：「這樣收拾完豚鼠！秩序應該好一些了。」

「我還得喝完這杯茶。」帽匠說著，不安的看著王后，她正在看歌手名單。

「你可以走了。」國王一說，帽匠立即跑出了法庭，甚至顧不上穿他的鞋。

這時，王后吩咐一位官員：「立即去法庭外把那個帽匠的腦袋砍下來。」可是還沒等官員追到大門口，帽匠已經跑得無影無蹤了。

「傳下一個證人！」國王吩咐。

下一個證人手裡帶著胡椒盒，一走進法庭就讓附近的人不停打噴嚏，這使愛麗絲一下就猜出這個證人正是公爵夫人的女廚師。

「拿出你的證據來。」國王吩咐。

「我不能。」女廚師回答。

國王著急的看看白兔，白兔低聲說：「陛下必須反覆質詢這位證人。」

「好，如果必須這樣，我會這麼做。」國王沮喪的說。然後他交叉著雙臂，對女廚師蹙眉，直到視野模糊，才用深沉的聲音說：「餡餅是用什麼做的？」

「大部分是胡椒。」女廚師說。

「糖漿。」一個困倦的聲音從女廚師後方傳來。

「掐住那隻睡鼠的脖子，」王后尖叫起來：「把牠斬首，把牠攆出法庭，制止牠，掐死牠，拔掉牠的鬍鬚！」

整個法庭陷入一陣混亂好幾分鐘。睡鼠被趕出去以後，大家才再次坐下來。這時，女廚師失蹤了。

「沒關係！」國王大大鬆了一口氣。「傳下一名證人。」然後他對王后耳語道：「親愛的，下一位證人必須你來審訊，我已經頭疼得受不了了。」

愛麗絲看到白兔翻找著名單，非常好奇，想看看下一位證人是誰。她想：「他們恐怕還沒收集到足夠的證據。」讓她大吃一驚的是，白兔用刺耳的嗓音尖叫說出的，竟是「愛麗絲」！

第十二章　愛麗絲的證詞

「我在這兒！」愛麗絲喊道，完全忘了在剛才的混亂中，她已經長得很大了。她慌亂的站起來，裙邊竟掀翻了陪審員席，把陪審員們翻倒在下方聽眾頭上，害他們在聽眾頭上爬來爬去，這情景使愛麗絲想起，一星期前她偶然打翻的金魚缸。

「啊，請大家原諒！」愛麗絲極其尷尬的說，一面趕緊把陪審員們扶回原位，金魚缸的事還縈繞在她腦中，使她隱約意識到，如果不立即把陪審員放回席位上，牠們會死去的。

國王鄭重宣布：「審訊暫停，直至全體陪審員返回原位。」他語氣慎重，眼睛還嚴厲的盯著愛麗絲。

愛麗絲看著陪審席，發現由於自己的疏忽，竟將壁虎頭下腳上放反了，那可憐的小東西無力動彈，只能滑稽的搖著尾巴。愛麗絲立即把牠拾起來放正。愛麗

J

絲想：「應該也沒差，反正牠頭下腳上對審判的影響也不大。」

等到陪審員們鎮定下來，紙板和鉛筆也都找到以後，他們立即勤奮的開始工作。首先是記下剛才那個事故的始末。只有壁虎除外，那可憐的小傢伙受驚過度，只是張嘴坐在那裡，兩眼無神的望著法庭的屋頂發呆。

國王開口了：「你對這個案子知道些什麼？」

「什麼也不知道。」愛麗絲回答。

「不知道任何事？」國王再問。

「不知道任何事。」愛麗絲答。

「這點很重要。」國王對陪審員們說。

陪審員們正在把這些問答記在紙板上，白兔忽然插嘴說：「陛下的意思當然是，不重要。」牠的口氣十分尊敬，同時對國王擠眉弄眼。

國王趕快把話接過來：「當然，我的意思是不重要。」接著又低聲呢喃：「重要……不重要……不重要……重要……」好像在反覆推敲詞句。

有些陪審員記下了「重要」，有些寫了「不重要」。愛麗絲離陪審員們很近，牠們在紙板上記下的字她看得一清二楚。愛麗絲心想：「反正怎麼寫都沒關係。」

國王似乎也一直忙著在記事本上寫什麼，他高聲喊道：「保持肅靜！」然後看著本子宣讀：「第四十二條，所有身高一英里以上者退出法庭。」

大家都望著愛麗絲。

「我不到一英里高。」愛麗絲說。

「你有。」國王說。

「將近兩英里了。」王后插話說。

「不管怎麼說，我反正不走，」愛麗絲說：「再說，那根本不是一條正式規定，是你在這兒臨時發布的。」

「這是書裡最老的一條規定。」國王說。

「那麼這應該是第一條呀！」愛麗絲說。

國王臉色蒼白，急忙闔上本子，以發抖的聲調對陪審員低聲說道：「請做出裁決。」

「陛下，又發現新的證據了！」白兔匆忙的說：「這是剛才撿到的一張紙。」

「裡面說什麼？」王后問。

白兔回答：「我還沒看，但感覺是信件，是罪犯寫給……給某個人的。」

「肯定是這樣，」國王說：「除非它不是寫給任何人的，但那不合常理。」

「信寫給誰的？」一個陪審員問。

「它不是寫給誰的，事實上，外面什麼也沒寫，」白兔一面說，一面打開摺疊起來的紙，又說：「根本不是信，而是一首詩。」

「是那罪犯的筆跡嗎？」另一個陪審員問。

「不是，這事真是奇怪。」白兔說。陪審員全都感到莫名其妙。

「一定是他模仿了別人的筆跡。」國王這麼一說，陪審員全都一臉恍然大悟的表情。

這時，武士開口了：「陛下，這不是我寫的，他們也不能證實是我寫的，末尾並沒有簽名。」

「如果你沒有簽名，」國王說：「只能說明情節更惡劣。這意味著你的狡猾，否則你就應該像一個誠實的人那樣，簽上你的名字。」

對此，響起了一片掌聲。這是那天國王講的第一句聰明話。

「那就證明了他犯罪。」王后說。

愛麗絲卻說：「這根本證明不了什麼！你們甚至還不知道這首詩寫的是什麼呀！」

「快讀一讀！」國王命令道。

白兔戴上眼鏡，問道：「我該從哪兒開始呢？陛下。」

「從開始的地方開始，一直讀到最後，然後停止。」國王鄭重的說。

以下就是白兔所讀的詩句：

「他們對我說，
你去找過她，
又跟他談到了我。
她說我人品好，
卻說我不會游泳。

他跟他們說我沒有去。
（我們知道這話不假）
如果這事她不罷休，
你想你當如何？

我給她一個，他們給他一雙，
你給我們三個或更多。
他們又從他那兒拿來還你，
其實原來都屬於我。

萬一我或她恰巧扯上這件事，
他請你放他們走，
就像我們以前一樣。

我覺得你一直是，
（在她沒有發作之前）
一道難越的障礙，
在他和我們和它之間。

請不要告訴他，
她最喜歡他們，
這是永遠的祕密，
只有你和我知道。」

「這是我們聽過最重要的證據了，」國王搓著手說：「現在請陪審員……」

「如果有誰能解釋這些詩，我願意給他六十便士，我認為這些詩沒有任何意義。」愛麗絲這麼說。就在剛才的那一瞬間，她已經長得十分巨大，所以她一點也不怕打斷國王的話。

陪審員都在紙板上寫下：「她相信這些詩沒有任何意義。」但是他們當中沒有一個人試圖解釋一下這首詩。

「如果詩沒有任何意義，」國王說：「那就免除了許多麻煩。你知道，我們並不要找出什麼意義，而且我也不懂什麼意義。」國王說著，把詩攤開在膝上，用一隻眼睛瞄著說：「我終於明白了其中的一些意義：『說我不會游泳』就是說你不會游泳，是嗎？」國王對著武士說。

武士傷心的搖搖頭說：「我像會游泳的樣子嗎？」（他肯定不會游泳的，因為他全身是由硬紙片做成的。）

「現在全對了，」國王說，一面又繼續嘟嚷著這些詩句：「『我們知道這話不假』這當然是指陪審員；『我給她一個，他們給他一雙』，這肯定是指偷的餡餅，是嗎？」

「但後面說『他們又從他那兒拿來給你。』」愛麗絲說。

「是啊，它們都在，沒有比這更清楚的了。」國王指著桌上的餡餅，得意的說：「那麼再看：『在她沒有發作之前，』親愛的，我想你沒有『發作』吧？」他對王后說。

「從來沒有！」王后狂怒的說，並把桌上的墨水缸扔到壁虎比爾的身上。那個不幸的比爾已經不再用手指在紙板上寫字了，因為牠發現這樣是寫不出字來的。但是現在他又急忙蘸著臉上的墨水在寫了。

「顯然這些話不『適合』你！」國王帶著微笑環視著法庭說，但法庭上卻一片寂靜。

「這算一句雙關語吧！」國王發怒了，但大家卻笑了起來。「讓陪審員做出裁決。」這句話，約莫是國王第二十次說了。

「不，不，」王后說：「應該先判決，後評審。」

「愚蠢的廢話，竟然先判決！」愛麗絲大聲說。

「住嘴！」王后氣得臉色都發紫了。

「我偏不！」艾麗絲毫不示弱的回答。

「砍掉她的頭！」王后聲嘶力竭的喊道，但是沒有一個人動身。

「誰理你呢？」愛麗絲說，這時她已經恢復到本來的身材了。

「你們只不過是一副紙牌！」

這時，國王、王后、騎士，周圍的人全消失了，他們變成了一副紙牌。整副紙牌上升到空中，然後又飛落在她身上，她發出一小聲尖叫，既驚又怒，她正要把這些紙牌撥開，卻發覺自己躺在河岸邊，頭還枕在姐姐的腿上，而姐姐正輕輕的幫她拿掉飄落在她臉上的枯葉。

「醒醒吧！親愛的愛麗絲！」她姐姐說：「看，你睡了多久啦！」

「啊，我做了個好奇怪的夢啊！」愛麗絲盡她所能，將記得的，把那些奇怪的經歷，告訴了姐姐。她說完後，姐姐吻了她一下，說：「這真是奇怪的夢，親愛的。但是現在快去喝茶吧！天色已經不早了。」於是愛麗絲站起來走了，一面走，一面還不停的想，她做了個多奇妙的夢呀！

★　★　★

愛麗絲走後，姐姐仍靜靜坐在那裡，把頭支在一隻手上，望著西下的夕陽，想著小愛麗絲和她夢中的奇幻經歷，然後自己進入了夢鄉——

一開始，她夢見了小愛麗絲本人，雙手抱著膝蓋，用明亮而熱切的眼光仰望著自己。她聽到小愛麗絲的聲音，看到了她的頭微微一擺，把蓬亂的頭髮擺順一

些，這是她常常見到的情景。當她聽著愛麗絲說話時，周圍的環境也隨著她夢中那些奇異動物的降臨，而活躍了起來。

白兔跳來蹦去，弄得她腳下的青草窸窣作響；受驚的老鼠在鄰近的池塘裏，潑濺著水逃走；她還聽到三月兔和牠的朋友在享用沒完沒了的美食時，茶杯碰撞的聲音；以及王后命令處決她不幸的客人時，他們的尖叫聲。同時，她也聽到豬小孩在公爵夫人腿上打噴嚏，以及盤碗摔碎的聲響……她甚至聽到鷹頭獅的尖叫聲、壁虎寫字的嘎嘎聲、被制止的豚鼠的掙扎聲等等。種種聲音充斥著整個空間，還混雜著遠處傳來假海龜那悲哀的啜泣聲。

於是她將身子坐正，閉起眼睛，半信半疑想著自己是否真的到了奇幻世界，儘管她知道自己只是在重溫一個舊夢，一切仍會返回現實：蒿草迎風作響，池水波紋擺動蘆葦。茶杯的碰擊聲實際是羊頸上的鈴鐺聲；王后的尖叫源自牧童吃喝的聲響；豬小孩的噴嚏聲、鷹頭獅的尖叫聲和各種奇聲怪音，原來只是農村中繁忙季節的各種喧鬧聲；遠處耕牛的低吟，在夢中變成了假海龜的哀泣。

最後，她想像她的這位小妹，長大以後的樣子：她將會一直保留著童年時純真的愛心。她還會招呼小孩來聽她說許多奇異的故事，或許就是許久以前的這個夢遊奇境，讓他們的眼睛睜得明亮而熱切。她也將感受兒童們單純的煩惱和快樂，憶起她自己的童年，以及那愉快的夏日時光。

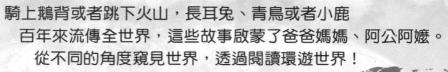

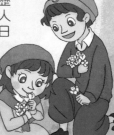

影響孩子一生的奇幻名著

想像力，帶孩子飛天遁地

灑上小精靈的金粉飛向天空，從兔子洞掉進燦爛的地底世界……
奇幻世界遼闊無比，想像力延展沒有極限，只等著孩子來發掘
透過想像力的滋潤與澆灌，讓創造力成長茁壯！

【影響孩子一生的奇幻名著】
精選了重量級文學大師的奇幻代表作，
每本都值得一讀再讀！

★西遊記

蜘蛛精、牛魔王等神通廣大的妖怪，會讓唐僧師徒遭遇怎樣的麻煩，現在就出發前往這趟取經之路。

★柳林風聲

一起進入柳林，看愛炫耀的蛤蟆、聰明的鼴鼠、熱情的河鼠、和富正義感的獾，猶如人類情誼的動物故事。

★小王子

小王子離開家鄉，到各個奇特的星球展開星際冒險，認識各式各樣的人，和他一起出發吧！

★叢林奇譚

隨著狼群養大的男孩，與蟒蛇、黑豹、黑熊交朋友，和動物們一起在原始叢林中一起冒險。

★小人國和大人國

想知道格列佛漂流到奇幻國度，幫小人國攻打敵國，在大人國備受王后寵愛，以及哪些不尋常的遭遇嗎？

★彼得・潘

彼得・潘帶你一塊兒飛到「夢幻島」，一座存在夢境中住著小精靈、人魚、海盜的綺麗島嶼。

★快樂王子

愛人無私的快樂王子，結識熱情的小燕子，取下他雕像上的寶石與金箔，將愛一點一滴澆灌整座城市。

★一千零一夜

坐上飛翔的烏木馬，讓威力巨大的神燈，帶你翱遊天空、陸地、海洋神幻莫測的異族國度。

★愛麗絲夢遊奇境

瘋狂的帽匠和三月兔，暴躁的紅心王后！跟著愛麗絲一起踏上充滿奇人異事的奇妙旅程！

★杜立德醫生歷險記

看能與動物說話的杜立德醫生，在聰慧的鸚鵡、穩重的猴子等動物的幫助下，如何度過重重難關。

影響孩子一生名著系列 15

愛麗絲夢遊奇境

天真好奇與勇氣

ISBN 978-986-95844-8-7 / 書 號：CCK015

作　　者：路易斯．卡洛爾 Lewis Carroll
主　　編：陳玉娥
責　　編：陳沛君、蘇慧瑩、徐嫄婷
插　　畫：利曉文
美術設計：蔡雅捷、鄭婉婷

出版發行：目川文化數位股份有限公司
總 經 理：陳世芳
行銷企劃：朱維瑛、許庭瑋、陳睿哲
法律顧問：元大法律事務所 黃俊雄律師
台北地址：臺北市大同區太原路 11-1 號 3 樓
桃園地址：桃園市中壢區文發路 365 號 13 樓
電　　話：(03) 287-1448
傳　　真：(03) 287-0486
電子信箱：service@kidsworld123.com
劃撥帳號：50066538

國家圖書館出版品預行編目 (CIP) 資料

愛麗絲夢遊奇境 / 路易斯．卡洛爾作．— 初版．--
臺北市 ： 目川文化，民 107.08
面 ；　公分．--（影響孩子一生的奇幻名著）
ISBN 978-986-95844-8-7 (平裝)

873.59　　107009993

網路書店：www.kidsbook.kidsworld123.com
網路商店：www.kidsworld123.com
粉 絲 頁：FB「悅讀森林的故事花園」

印刷製版：長榮彩色印刷有限公司
總 經 銷：聯合發行股份有限公司
地址：新北市新店區寶橋路 235 巷 6 弄 6 號 4 樓
電話：(02) 2917-8022

出版日期：2018 年 8 月（初版）
定　　價：280 元

建議閱讀方式

型式	圖圖圖	圖圖文	圖文文		文文文
圖文比例	無字書	圖畫書	圖文等量	以文為主、少量圖畫為輔	純文字
學習重點	培養興趣	態度與習慣養成	建立閱讀能力	從閱讀中學習新知	從閱讀中學習新知
閱讀方式	親子共讀	親子共讀 引導閱讀	親子共讀 引導閱讀 學習自己讀	學習自己讀 獨立閱讀	獨立閱讀